ハルキ文庫

角川春樹事務所

佐藤さとる童話集／目次

本文イラスト　近江カズヒロ

佐藤さとる童話集

壁の中

これは、外国の友だちからきいた話です。

仕事で日本へきていたその友だち——デビスくんは、そのとき、きいちごのある、遠い遠い自分の家を思いおこして、ぼんやりしていたのです。

そうしたら、泣きたくなるほど、なつかしくなりました。

むりもありません。デビスくんは、まだ若くて、はじめてふるさとを出て、いきなりこんな遠い国へきたのですから。そういう人は、だれだって、ぼんやりとふるさとのことを考えて、泣きたくなったりするものです。

すると、デビスくんは、とうのむかしに忘れていたことを、ふいにはっきりと思いだしました。

デビスくんが子どものころ——たしか八つぐらいのころ——に、食堂の壁紙《かべがみ》の上へ、妹のポリーとふたりで、フットボールをして遊んでいる子どもの絵をはりつけたことがあったのです。

その絵は、たしか、きれいな色のついた絵で、男の子と女の子がいました。男の子はデビスくんそっくりで、女の子はポリーによく似ていました。

小さかったきょうだいは、朝晩その絵を見るのが、とても楽しみでした。

ところが、それも、いつとはなしに忘れてしまいました。そして、遠い国へくるまで、思いだしもしなかったのです。食堂の壁紙も、いつかすっかり新しいのがはられてしまいましたから。

——あの絵は、もしかすると、いまでも壁紙の下に残っているかもしれない——。

デビスくんは、そう思うと、なつかしくてたまらなくなりました。そして、こんど家へ帰ったら、なんとかしてさがしだしてみようと考えました。


やがてある日、デビスくんは、二年ぶりで、わが家へ帰ることができました。

ポリーが、小さな駅まで迎《むか》えにきてくれました。もちろん、もう美しい娘です。

「やあ、ポリー、二年たったら、ずいぶん大きくなったね」

デビスくんがそういうと、ポリーは、ちょっと恥《は》ずかしそうに笑っていいました。

「お帰りなさい。兄さんもりっぱになったのね」

「そうかい。どうもありがとう」

デビスくんは、笑っていいました。

「お父さんもお母さんも、元気だろうね」

「ええ。朝からそわそわして待ってるわ」

ポリーはうなずきました。

「よしよし。ではもうひとつ、おまえにききたいことがあるよ」

デビスくんが、あらたまったようにきりだしたので、ポリーは目をあげました。

「なあに、兄さん」

「むかし、食堂の壁に、ぼくらで絵をはったことがあったろう」

「そういえば、そんなこともあったわねえ」

ポリーも、思いだしたとみえて、にこにこしました。

「そうそう、男の子と女の子が、草原《くさはら》でフットボールで遊んでいるの、ね」

「そうだ」

「たしか、女の子は赤い服を着ていたわ。男の子は兄さんで、女の子はポリーよ、なんていったわね」

「うん。しかし、女の子の服は黄色じゃなかったかな」

デビスくんは、ちょっと首をひねりましたが、すぐにつづけました。

「とにかく、日本にいるとき、ぼくはあれを思いだして、めちゃくちゃになつかしくなったんだ。それで、家へ着いたら、さっそく食堂の壁紙をはがしてみようと思うんだが、どうだい」

「すてきだわ」

ポリーは、目を輝《かがや》かせて答えたのです。

さて、ふたりがそのたのしい計画を実行したことは、いうまでもありません。そして、その結果は、ほんのすこしばかり不思議でした。

ふたりがていねいに壁紙をはがしていくと、その絵は思ったとおり、ちゃんと出てきました。しかし、どうしたことか、ふたりの考えていたような、色のついた絵ではなかったのです。

黒一色のみごとな影絵《かげえ》で、草原も子どもも真っ黒でした。もちろん、女の子の服は赤でも黄色でもなく、黒でした。

「見たとたん、ぼくもポリーも、影絵だったことを思いだしたんだ。それなのに、ふたりとも、考えちがいをしていたのさ」

そのあと、また日本へやってきたデビスくんは、そういって笑いました。

「だけどね」

デビスくんは、まじめな顔でつけくわえたのです。

「壁の中にかくれていたあいだは、きっとあの絵にも色がついていたんだ。それにちがいないと、ぼくはいまでも考えているよ」

井戸のある谷間

深い谷間も、そこへはいりこんできた町なみも、ゆきづまってかけあがりになるところ——。


日の当たっているほうの斜面《しやめん》の上に、ふと、人影《ひとかげ》があらわれた。

やがて、軽そうなリュックを右肩《みぎかた》にひっかけた若者が、長い竹の棒《ぼう》を振《ふ》り振り、あぶなっかしい細道からおりてきた。

足には、短い皮ゲートルをつけていたが、そのゲートルまで、ほこりで真白《まっしろ》になっている。かなりの道を歩いてきたようだった。

そのくせ、たいしてつかれてもいないとみえて、その小さな谷間を、のぞきこみ、のぞきこみしている。

若者の足下《あしもと》には、奇妙《きみよう》にくねって茂《しげ》る常緑樹《じようりよくじゆ》の大きな木があり、その木陰《こかげ》に、小さい赤い屋根が、ちらちらと見える。その先は、向かいがわのゆるい斜面がせまっていて、若葉がもくもくと重なっていた。

　とんとんと、しごくのんきそうに、赤い屋根の小さな家の横までおりてきた若者は、ちょっと立ちどまって考えていたが、やがて、まさきをよく刈《か》りこんだ垣根《かきね》の外から、大声をあげた。

「こんにちわあ」

「はい」

　おどろいたような返事が、すぐ近くからあって、どろだらけの片手に、移植ごてを持った娘が、垣根の向こうがわで立ちあがった。

「やあ、そこにおられたんですか。おどろかしてすみません。あのう、じつは、山の向こうの海岸から、山をつっきってやってきたものなんですが、水を一ぱいのませてくれませんか」

　若者は、相手の見知らぬ娘が、まぶしそうに手の甲《こう》で髪《かみ》の毛をかきあげるのを見て、すっかりあわてながらいった。

　その娘は、にこにこと答えた。

「どうぞ。だけど、──冷たいのがいいんでしょ」

「ええ、まあ」

「それなら井戸へ案内しましょう。ちょっと待っててください。手を洗ってきますから」

そういって、娘は、こてを土につきさし、手をパタパタとはらいながら、身軽く家のほうへかけていった。

やがて娘は、片手にからのバケツを持ち、片手にコップを持って、若者についてくるように合図した。

家の前の、草花の植わった庭を通り、細い裏道《うらみち》をいくと、傾斜《けいしゃ》の強い向かいの山すそにでる。そこの山すそには深く切れこんだ小川が流れていた。

この小川に沿《そ》ってついている細い坂道をのぼると、ほんの少しばかり、広くなった場所があった。広場というにはせますぎるかもしれないが、ここのすみに大きな柿《かき》の木が一本立っていた。根もとは、うすのように太く、地上三メートルばかりから、三つまたに別れている。そのうちの一本が、この小さい広場の空を、天がいのようにおおっていた。

「井戸って、こんなに離れているんですか」

「ええ、ちょっと離れてます」

二人は、その下をくぐりながらそんなことを話した。娘は、そのまままさらに小川をさかのぼる。

「ぼくのために、仕事の手を休ませてすみませんね」

「いいえ、どうせ水はくみにいかなきゃならないんですから」

「そうですか」

若者は、軽くうなずいて、急におどろいたように顔をあげた。

「くみにいくって、毎日ですか、――いやそのう、あなたの家では、いつもわざわざこの道を運ぶんですか、水を」

「そうよ。しかたがないんですもの。――ここです」

柿の木の下から、二十歩ほどいったところに、あぶなっかしい橋がかかっていた。橋のむこうは、椿《つばき》の木の茂みがある。

小川はV字形に深く落ちこんでいるので、橋はかなり高く、長さも三メートルはあるだろう。

「やあ、こりゃおもしろいところにあるな」

若者はこういうと、橋のそばにかけより、うす暗い椿の木の茂みをうかがいながら、そのまま先に立って橋をわたった。

椿の木ですっぽり取りかこまれていたが、そこは岩を切って作った、ゆっくりした足場があり、そのおくに、山に片寄せて古い井戸があった。

若者は、すぐにそのふたをとり、おけにロープを結んだだけのつるべで、じょうずに水をくみあげた。そして、娘のさしだしたコップを受けとると、ザーッと音を立てて水をいれ、さもうまそうに飲みほした。

それから、大きなハンカチを出して、口のまわりをふき、ついでにそれをぬらして顔をふくと、バケツを足もとにおいて、またいきおいよく水をくんだ。

「ここから水を運ぶんじゃ、たいへんだねえ」

「そう、たいへんね」

娘は、すなおにうなずく。

「でも水道もないし、ここのほかに、いくら井戸をほっても、このへんではいい水がでないんです」

「そうかなあ」

若者は、ふりかえって、あらためてあたりを見まわした。

ひやりとするしめった空気と、青いなめらかな苔《こけ》と、うす緑色の変わった植物——しだとが、したたり落ちる水の音の中に、しっくりとおさまっている。この井戸のそばに立って、日の当たった明るい斜面のほうを眺《なが》めるのは、ちょうど、あなぐらの中から外を見るように、美しくまぶしいものだった。

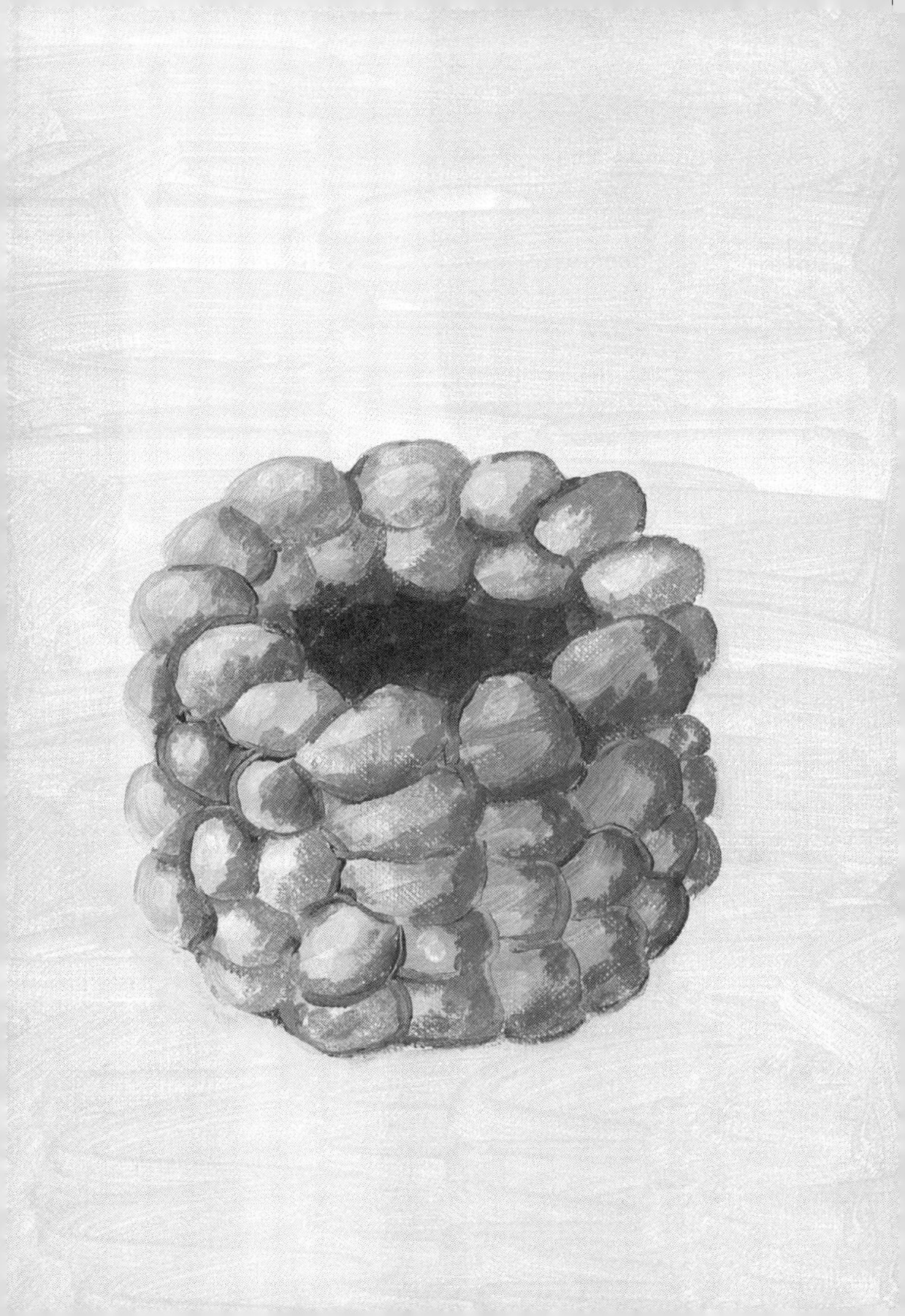

椿の木の、黒いアーチ形のわくの中に、向かいがわの山が、半身にかまえて見え、左がわの、二段にきざまれた斜面の畑には、野菜の青いすじが数本、ゆるいカーブをえがいている。

右手には、細道の向こうに、赤い屋根がほんの少しのぞいていて、その屋根の上には、さっき若者が上から見おろした、奇妙な木がのしかかっている。

「あの木はなんの木ですか」

「どの木？」

「あの家の上にある……」

「あれはみかんの木です」

「みかん？　ははあ」

若者は、感心したようだった。

「みかんにしてはめずらしい大木だなあ。しかし実はならないでしょうね」

「いいえ、小さいのがたくさんなるわ。すっぱくて、あまりおいしくないけど」

娘は、井戸にふたをしようとしていたが、ふいにその手をとめた。

若者がなにを思ったか、いきなりひざをついて身をかがめ、頭を地面につけんばかりにして、みかんの木を眺めたからだ。

しばらくして、不思議そうにしている娘に気がつくと、若者は笑いながら立ちあがった。

「この井戸は、水面までどのくらいあるかな」

娘はすぐ井戸をのぞきこんだ。若者も近よって、首をかしげながらのぞいた。

「地上から約二メートルだね。しかし、いつもこんなにたくさん水はあるんですか」

「そうね。どんな日照《ひで》りでも、この井戸はこのくらいあるわ」

「それならうまいな」

若者はそういって、赤い屋根のほうを指さした。

「あのみかんの木の、いちばん下の枝《えだ》あたりが、だいたいこの場所の高さと同じです。だから、あれから約二メートルさがって、いや、余裕を見て、三メートルさげると、あなたの家の天井裏《てんじょううら》あたりと、この井戸の水面がひとしいわけです」

娘は、説明する若者の顔を見ながら、びっくりしたようにいった。

「それはどういうことなんです?」

「つまり、ここから君の家まで水がひけるということです。鉛管《えんかん》というのがあるでしょう。あれさえあれば、これだけ落差があるんだから、じゅうぶん水はあがります。サイホンの原理ですよ。鉛管を井戸につっこむだけでいいんです」

娘は、目を輝《かがや》かせ、息をはずませてつぶやいた。

「そうなればほんとうにありがたいわ。すばらしい思いつきねえ。さっそく兄さんに話してみるわ」

「兄さんがあるんだね。ほんとうにそうするといい」

「でも」

ふと気がついたように、娘はいった。

「それには、やっぱりお金がかかるでしょうね」

「そうだねえ。ここからあそこまで——直線で三十——五、六メートルかな。鉛管も安くはないし、蛇口《じゃぐち》も一ついる。それに、鉛管はうめていかなくちゃならないし——。かかるかもしれないね。もっとも鉛管さえあれば、あとはどうにかなるが——」

若者は、そういう仕事をよく知っているものでなくてはいえない、自信のあるいいかたで答えた。

娘は、だまって目をふせて、バケツを持ちあげた。

「ぼくが持っていこう。水のお礼に」

若者がいい、娘はバケツをわたした。

若者は、ぐんぐん一人で先に歩き、家の前まで運んでしまうと、娘をふりかえっていった。

「どうも、ごちそうさま。そのうちにきっと、うまくいきますよ」

そして、頭をさげると、さっとかけおりていってしまった――。

しかしその若者の胸《むね》の中には、こんな考えがうずをまいていた。

あの谷間は、なんてすばらしいんだろう。井戸もすてきだった。井戸へいく橋も、途中の柿の木の下も、それから、あの大きなみかんの木も、赤い屋根も、それに――とにかく、あれだけそろった場所は、世界中にもそう多くはあるまい。

そこへもう一つ〝私設水道〟だ。これがあれば、もう完全に世界一になるではないか。すばらしい。まったくすばらしい。

ぼくは、さっそく、鉛管を手にいれよう。

あの家の番地も、よく見てきたから、送ってやろう。

そして、いつかまた、ぼくはどうしても、ここへやってこなくてはならない。

できたら、ぼくも、その水道工事を手伝ってあげたい。

兄さんがあるといった。しかし一人では無理だ。ぼくもこようか。こないほうがいいかな。

まあいいや。それはそのときの話だ。

とにかく、一日でも早く、どうしても、やらなくてはいけないんだ——。

若者のあとを追うように、日がかげって、井戸のある谷間に夕暮れがきかかっていた。

名なしの童子

1

太郎《たろう》は、子どものころから、どこか変わったやつだった。といっても、どこがどう変わっていたか、そとから見ただけではよくわからないだろう。一口にいって、太郎は、一風変わった怠《なま》け者だったのだ。しかし、そのことを、本人も長いあいだ気づいていなかった。

いつだったか、小学校時代の友だちがきて、こんな話をした。

太郎は、朝、学校へいく道で、忘れていた理科の宿題を、歩きながらやっつけたことがあった。ところが、そのときの宿題で、歩きながらやっつけた太郎は三重丸をもらい、まじめに家でやってきたその友だちは、一重丸しかもらえなかった——。もっとも太郎は、そんなことすっかり忘れていた。

とにかく太郎は、小学校・中学校・専門学校（旧制。現在の高専に当たる）をとおして、勉強らしい勉強をしたことがなかった。こんなのはちっとも自慢《じまん》にならないことだが、それでもまずまずの成績をとっていたのだから、不思議みたいなものだ。

こうして太郎は、どうやら専門学校をでて、建築家《けんちくか》のたまごになった。そのころになって、やっと太郎は考えるようになった。

――おれはどうも、世間でいう怠け者のようだな。

気がつくのがすこしおそかったが、しかし気がつかないよりはよかった。

――なんで、こんな怠け者になったのだろう。

夏の夜、太郎は、下宿《げしゅく》のふとんにねころんだまま考えた。

――おれは、子どものころからずっとねつきがわるくて、こいつは、われながらあきれるほどだが、もしかしたら、そのために昼間はぼんやりして、怠けてしまうのかな……。

なぜ、ねつきがわるいのかというと、これは自分でもよくわかっていた。ねどこの中で、とりとめのないことを思いめぐらすのが好きだからである。たとえば、今の太郎は、なんで怠け者になったのだろう、なんて、つまらないことを考えて楽しんでいる。

こうして、しばらく考え続けているうちに、ふいに思い当たることがあって、ぎくりとした。

昔から、太郎の頭の中には、わけのわからない霞《かすみ》のような思いが、なんということなくただよっていた。目がさめているあいだは、いつもそれがあって、太郎のさまざまな決意をおさえてしまう。勉強しようなどとへたに決心したりすれば、決まって頭の中にわあっと霞が広がっていく。だから勉強は、なんとなく霞が頭の中に広がらないすきに、さっと片づけてしまう必要があった。

だからといって、太郎が病気というわけではなかった。おそらく太郎の潜在意識《せんざいいしき》には、特別強いあこがれのようなものがあって、それが（正体《しょうたい》はわからないが）太郎の大脳《だいのう》にたえまなく刺激《しげき》を送り続けているのだろう。だが、こんなふうにいうと、かえってわけがわからなくなるし、太郎の感じかたからいうと、かならずしも正しくはない。頭の中の霞、といったほうがぴったりしている。

太郎は、長いあいだ、だれでもそんなもんだと思っていた。だが、よく考えてみれば、頭の中に霞があるなんていう人には、まだ一度も出会ったことがない。

「なるほど、あれがいけないんだなあ」

太郎は、まるでひとごとのようにつぶやいた。それまでの太郎は、頭の中の霞について、じっくり考えたこともなかった。そのくせ、こいつをはらいのけてしまうほど、心をひきつけるものがほしくて、子どものころから探し続けていたようなところがあった。

それは、ときにうまくいくようでもあった。おもしろい本を読むと、読んでいるあいだは、頭の中の霞が消えている。だから本は好きだった。腕白《わんぱく》仲間と、夢中《むちゅう》になって遊んでいるときも、霞のことを忘れていた。したがって、いたずらでも、仲間にまけていなかった。学生時代に、アルバイト先で自動車を動かすことを覚えたが、これもかなりききめがあった。それで太郎は、たちまちなめらかでねばるような運転技術を身につけ、免許《めんきょ》もとった。

だが、そのときがすぎると、おしのけられた頭の中の霞は、勢いをもりかえし、いっそうひどくいっそう厚く、頭の中をおおった。太郎はしばらくのあいだ、なにもしたくなくなってしまう。

ところが、そんなときも本人の太郎は、決して不幸ではなかった。ぼんやりしているようで元気だった。ふくれっつらをしているようでいても、実はきげんがよかった。

——いったい、この霞はなんだろう。

太郎は、はじめてはっきりとそう自覚した。そのくせ、自分の頭の中の霞は、だれも持っていない奇妙《きみょう》な宝であるような気がした。なぜそう思うのか、自分でもわからなかったが。

2

太郎にも、今では勤《つと》めがあった。一人前の大人《おとな》になってしまったのだから、仕事を持って、自分のことは自分でできなければいけないわけだ。太郎は、建築《けんちく》会社にはいり、毎日設計部の製図台に向かって、鉛筆《えんぴつ》の線を引っぱっていた。

それでも、あいかわらず怠《なま》け者だった。自分のしなければならない仕事は、きちんと片づけていたが、いつも、頭の中の霞《かすみ》の晴れ間をねらっては、手早くやっつけていた。そのへんは、昔の小学生のころと、ちっとも変わっていない。

会社で仕事をしているときも、よそ目には、ただぼんやりしているように見えるような、そんな時間が多かった。それだって、仕事をしているふりをしているやつや、いっしょうけんめいやっても、たいして成果のあがらない連中よりは、ずっと働いていたのだが。

太郎は、部長からよくしかられた。しかられたってどうにもならない。太郎の頭の中は、不思議な霞がいったりきたりしていて、それがまた太郎には、楽しくてたまらないのだ。しかられたくらいでは、とても消えない。

ところがある日、部長が太郎のことを、つまらないことでまたしかった。仕事をしながら、歌をうたってはいけないというのだ。もちろん太郎は、大声をはりあげたわけではない。いくらなんでも、そんなことはしない。自分にだけしか聞こえないほどの小声で、それもちょっぴりうたっただけなのだが――。

部長は、わざわざ、耳を寄せてきてしかった。太郎はびっくりして、その次には、かっとなった。こんなけちな会社は、こっちからごめんこうむる、と思った。

太郎が、どなり返してやろうとしたとき、頭の中の霞が、すうっと二つにちぎれて、かたまりはじめた。一つは〝ヨ〟という字になり、つづいて〝セ〟という字にかたまった。太郎は、それが本当にヨ、セ、という字であるかどうか、なんども頭の中にきいてみた。たしかにそうだった。頭の中の霞は、太郎に向かって、そんなことはよせ、といっているらしい。

太郎は、すっと頭が冷えた。

「どうも、うっかりしました。これからは注意します」

すなおにあやまると、部長はにやりとした。

「しっかりやれよ。ぼやぼやしてると、山の現場へとばすぞ」

そういって、離れていった。

「山の現場か」

太郎はつぶやいた。このごろなにかというと、この言葉がでた。今会社では、山奥《やまおく》の発電所を建てる大きな工事をはじめていた。そこへ転任させられると、まる一年ほど、島流しのようになってしまう。

頭の中の霞についていて、どうやらもっと真剣《しんけん》に考えてみる必要がありそうだな、と太郎は思った。

3

しんとした夜中、せまい下宿《げしゅく》の部屋《へや》の真中《まんなか》にすわりこんで、太郎はじっと目をつぶった。太郎が頭の中に霞《かすみ》を広げさせておけば、ただぼんやりしてしまうだけだ。ぼうっとしたまま時間がすぎていくばかりである。前にもいったとおり、そうしていれば、幸せで気分がいい。

だが太郎は、頭の中の不思議な霞を、自分の力でかためてみたいと思った。昼間の会社では、太郎がのぞみもしないのに、ヨセという字の形にかたまったではないか。あのときは、まるで目に見えるようにかたまった。あれを、なんとかして自分の力でやってみたいと太郎は思った。

しかし、頭の中の霞を、どうすればかためられるのか、さっぱりわからなかった。

むずかしい数学の問題を考えつめていると、これによく似た状態《じょうたい》になることがある。考えて考えて、しまいには、自分がなにを考えているのか、わからなくなっているのに、まだ一心になにか考えている。頭の中に、考えがぼやっと広がってしまう。

今の太郎の場合は、もう十何年も頭の中に広がりっぱなしの考えを、一気に突《つ》きとめようというのだからたいへんだ。むりやり精神《せいしん》を集中していると、いやでもぱっちり目がさえて、太郎はとうとうひとねむりもしなかった。

つぎの朝、かわいそうに、太郎は熱をだした。それでも会社へでたが、前日太郎をしかった部長が、また太郎をしかった。

「きみ、きみは病気ではないのか。無茶をしてはいかん。すぐ家へ帰って休みたまえ」

そうたしなめられて、太郎は下宿へもどった。それっきり太郎は動けなくなった。下宿のおばさんがよんでくれた医者は、たちのわるい夏かぜですな、といって、注射をしてくれたが、熱はさがらなかった。しかし、太郎にはわかっていた。頭の中の霞のことを考えさえしなければ、熱はすぐさがるにちがいない。

——かまうもんか。

太郎は思った。やれるところまでやってやれ、死ぬこともないだろう、と、覚悟《かくご》を決めた。

　一週間ねて考えていると、いくらかわかってきたような気がした。自分が、子どものころから無意識《むいしき》のうちに、なにを期待《きたい》しつづけてきたのか、おぼろげながらさとりかけてきていた。

　もう少しだ、と、太郎は思った。そう考えてがんばった。けれども、まだまだはっきりとはつかめなかった。

　どうやら熱もさがったので、太郎は、ひさしぶりに外へでて、医者へいった。会社へ持っていく診断書《しんだんしょ》が必要だった。足がふらついたが、しばらくするとなれた。帰ってくると、思いきって、風呂《ふろ》にもはいった。しかし、夜になると、また少し熱があがった。

　その夜は、涼《すず》しい風の吹《ふ》く月夜だった。太郎はたった一つの窓から、やっとさしこんでくる月の光を、ねながら眺《なが》めていた。月の光は、太郎の机《つくえ》の足を一本だけ照らして、床の上に白い帯をえがきだしていた。

　いつもねつきのわるい太郎が、外を歩いたり、風呂にはいったりしたためか、うとうとしていた。はじめのうち、もしこの窓の向こうが、すぐ海になっていたらどうだろう、などと考えていたのだが、やがてその海の波のうねりが、目にうつるように思い、太郎はねむりに落ちていこうとした。

そのとき、ふいに太郎は、頭の中の霞が、かたまるような気がした。これはいけない、と、太郎は思った。ねむってなんかいられないぞ――。

だが、どういうことだろう。太郎の意識ははっきりしているのに、目は開かないのだ。気持はへんにさえていた。じっと目をつぶったまま、太郎は静かに呼吸《こきゅう》をした。息をみだしてもいけないような気がして、じっと動かずにいると、からだじゅうがこちこちになった。

かたくつぶった目の裏《うら》で、目の玉だけが、じりじりと内がわへ回りだしたように思った。たしかに目玉は内がわへ向けられていく。太郎は、もう少しで、声を立ててやめてしまおうかと思った。妙《みょう》に胸《むね》が苦しい。それでも太郎はこらえた。目玉はすっかり内がわに向いた。

――ははあ、おれは、自分の頭の中をのぞいているんだな。

太郎はそう考えた。そこには、あの太郎だけが持っている、不思議な霞があった。その霞は、生きているように輝《かがや》き、ゆっくりと回りながら、小さく縮《ちぢ》まってきた。

4

はじめは煙《けむり》のように、やがて、綿のように、それからとけたゴムのようになって、しばらく続いた。

――もう少しだ。

太郎はそう思った。そのとき、ゴムのようなかたまりは、強い光を放って、太郎の頭の中から飛びだしていった。あっと太郎は声をあげた。目玉はぐるんともとへもどって、太郎は目を開けた。

気絶《きぜつ》からさめたあとのように、ぐったりとしていた。そのくせ、なぜだか知らないが、からだが透《す》きとおってしまったような、へんに爽《さわ》やかな感じがあった。

ああ、と、太郎は声をだしてみた。夢《ゆめ》を見たのだと思い、枕《まくら》もとの電燈《でんとう》のスイッチへ手をのばした。

あかりをつけないで、という、声にならない声がした。のばした手をとめて、太郎はじっと待った。なにか不思議なことが起こりかけている。太郎は息をのんだ。

〈こちらです〉

そんな声がまた聞こえた。

太郎は静かに首を回して、うつぶせになった。うす暗い中に、月の光がまだ壁《かべ》を照らしている。太郎が目をこらすと、すぐ前に小さなガラスでこしらえたような子どもが立っていた。大昔《おおむかし》の中国の子どものような白く光る服を着ている。髪《かみ》の形が唐子《からこ》のようだな、と太郎は思った。

「君は……」

と、たずねかけるのに、唐子の童子《どうじ》は、まるで主人に向かうように、小さな頭をさげてていねいに答えた。

〈わたしは使者です〉

「使者？　だれがよこした使者だね」

太郎はかすれ声をだした。

〈あなたの心の奥《おく》からつかわされました。しばらくそのままでお待ちください〉

童子はゆっくりと頭をさげた。太郎はうなずきながら聞いた。

「君はだれだい。名前はなんていうの」

〈名前は……ありません。ほら〉

にっこりしながらそう答えて、壁のほうを指さした。壁には、月の光が当たっていて、

そこだけ四角の明るい部分ができている。

と、その月の光の当たっている部分が、まるで扉《とびら》のように、すうっとうちがわへ開いた。

名なしの童子は、ついっと立っていった。

壁の中から、白い馬が一頭、たてがみをふりながらでてきた。太郎の手のひらにも乗るような小さい馬だが、堂々とした姿である。しかもその馬の背中には、白く長いすそをひいて、美しい女の人が乗っていた。

近よっていった名なしの童子は、馬の口をとって、ゆっくりと太郎の目の前にひきだしながら、馬上の人となにか言葉をかわしているようだった。だが、いくら太郎が耳を澄《す》ましても、なにも聞こえなかった。

「この人はだれなんだ」

太郎は童子にいったが、童子は口を動かしただけだった。太郎には、待っていなさい、といったように見えた。馬上の美しい人は、太郎の声が聞こえないらしく、ふりむきもしなかった。

そのまま小さな白馬は、音もなく太郎の枕もとを通りすぎて、窓の下へいった。そして、月の光にとけこむように消えてしまった。ふりかえって壁を見ると、もうそこには、馬の出てきた扉もなく、ただ月の光が当たっているだけである。

急に太郎はねむくなった。どうにもがまんができないほど目が重くなり、がっくりと頭を枕につけた。

5

翌日、太郎は頭の中がきれいに澄《す》んでいるのを感じながら、目をさました。腹《はら》がすいていた。すぐに昨夜の出来事を思いだしたが、夢《ゆめ》ともなんともいいようがなかった。しかし、あの出来事の意味は、自分なりによくわかっていたのである。

「とにかく、頭の中の霞《かすみ》はなくなったし――」

元気よく起きて、くるくると部屋《へや》を片づけた。水でからだをふいて、ひげをそって、さっぱりしたところで会社へでた。太郎は一つの重大な決心をしていた。

部長に欠勤《けっきん》の挨拶《あいさつ》をしたとき、太郎はついでにいった。

「ぼくを、発電所の現場へ回していただけませんか」

「なに」

部長は、目をむいて太郎を見かえした。

「山の現場へでたいっていうのかね」

「そうです」

「うん」

じろりと太郎をにらんで、ゆっくりいった。

「ぜひいきたいというなら、考えないでもないがね」

それから、にやりと笑った。

「その前に、指定病院へいって精密検診《せいみつけんしん》を受けてこい。話はそれからだ。山はきついんだぞ」

「はい、そうします」

太郎は、すぐ会社を飛びだして、病院へいった。


それから五日目の朝早く、太郎は、身の回りのものをつめたバッグを一つ持って、汽車に乗っていた。現場監督《かんとく》見習という身分をもらっていたが、要するに、工事現場の雑用係みたいなものだ、と部長にいわれた。

これからいく先は、しゃれた照明装置《そうち》のある静かな製図室の裏《うら》がえしだ。うっかり鼻歌もうたえないようなお上品なところではないかわりに、荒々しくて乱雑で、生《い》きのいいところにちがいない。冷房のきいたビルの空気のかわりに、本物の山の空気が吸《す》える。

「ざまあみろ。おれは社用で避暑《ひしょ》にいくんだぞ」

太郎は、離れていく都会の町なみを眺《なが》めながら、思わずそうつぶやいた。

山の現場は、発電所だけを作っているのではなく、かなり大きなダム工事が進んでいるはずだった。といっても、このダム工事は、太郎の会社のものではなく、もっと大きな親会社の工事である。太郎の会社は、ダムよりずっと下流の発電所と、その発電所に勤《つと》める人たちの宿舎を作る仕事を、親会社からうけおっていた。

やがて、太郎は、山の小さな駅におり、バスで四十分ほどはいった終点の町へついた。ここから現場までは、歩いて一時間ほどあるらしい。いずれダムが完成すれば、バスの路線がのびるはずだが、今はまだいっていない。トラックでもつかまえて、便乗《びんじょう》させてもらえ、と、会社ではいわれてきた。

ところが、バスの終点に、思いがけずジープがむかえにきていた。運転していたのは、ひげもじゃの丸っこい人で、主任を示す二本すじのはいったヘルメットをかぶっていたが、首にきたないタオルを巻いていた。

「おうい、ナントカタロウっていうのは、君か」

その男が、ジープの運転席から、太郎に向かって大声でさけんだ。ナントカタロウとはなんだ、と思ったが、とにかくうなずくと、さ、ここへ乗れ、といって、幌《ほろ》のないジープのうしろを指さした。助手席には、おとなしそうな男の人が乗っていた。

「おれが主任監督だよ。こっちの人は村の分教場の先生だ。はやく乗れ」

太郎が、挨拶《あいさつ》をしようとするのに、主任は手をふってうけつけない。となりにいた分教場の先生がふり向いて、とりなすようにいった。

「この人はいつもこうですよ。気にしないほうがいい」

それから、ていねいに自分の名前を名乗った。

主任は、らんぼうにジープを走らせた。うしろにいた太郎はひやひやした。なまじ運転のことがよくわかるだけに、太郎は落ちつかないのだ。しかし、トラックで資材を運ぶためだろうが、砂利《じゃり》を敷《し》いた道は、広くてよく整備されていた。

主任と先生は、大きな声で話をしていた。どうやら村の分教場は、ダム工事がはじまってからというもの、工事関係の人の子どもがたくさんはいってきて、満員になっているらしい。今もこの先生は、本校からもう一人先生を回してもらうよう、たのみにいってきたところだそうだ。

太郎は、そんな二人の話を聞きながら、不思議なものだ、と思った。

——一週間前までは、おれがこんなところへやってくるなんて、自分でも考えていなかったじゃないか。

6

太郎は、主任が宿舎にしている、村の山寺へ落ちついた。太郎が自動車の運転もできることを、主任はすでに知っていて、朝晩、太郎にジープの運転を命じた。現場監督《かんとく》見習というのが、運転手もかねるとは、太郎も聞いていなかったが、運転は好きだったからよろこんでひきうけた。

現場では、もう基礎《きそ》工事が進んでいて、五十人近い人が働いていた。太郎は、ろくに昼めしもたべていられないほどいそがしかった。

それでも太郎は元気にすごした。はじめのうちはからだじゅうが痛んだが、一月《ひとつき》もたつとなれた。たまの休みには、ジープで下の町まで買い物にいったり、分教場の先生の家へ遊びにいってみたりした。新しい先生はまだきていなくて、先生の奥《おく》さんが、赤ちゃんを背負って手伝っているそうだ。

山は秋が早い。工事は、冬がくる前に、できるだけ進めておく必要があり、昼も夜も人が働くようになった。

そのころ、台風の余波《よは》で、ひどい雨の降《ふ》る日があった。こんな日は危険なので工事を休んだ。しかし、現場事務所（といっても小さなバラックだが）は休まなかった。太郎も主任も、ほかの監督たちも集まって、たまっていた事務をとっていた。

昼食のあと、現場の見まわりにでていた太郎が、雨の中をもどってくると、主任がよんだ。

「おい、タロウ（主任はそうよぶ）、山の下までジープをだしてくれんか。本社から書類がとどいているはずなんだ」

「はい。では車の幌《ほろ》をかけてきます」

太郎はすぐにまた外へでようとすると、うしろから主任がいった。

「ほら、買い物のリストだ。ついでにたのむ。こんな日だから、気をつけてゆっくりいってこい」

うなずいて、太郎はリストをうけとった。物置のような車庫へいって、ジープに幌をとりつけてから、道へでた。幌にはあなが開いていて、うしろの席に雨がもった。太郎は首をすくめたが、自分がぬれるわけではないので、気にしないことにした。

雨は小降りになったが、雲が厚くて、まだ昼をすぎたばかりだというのに、道はうす暗く、太郎はライトをつけて走った。

すると、そのライトの中に、不思議なものを見た。

白い馬だ。白い馬に、白いレーンコートをきた人が乗っていて、その馬を、白い雨合羽《あまがっぱ》にくるまれたような小さな男がひいている。

太郎はぎゅっとブレーキをふんだ。これは前に見た図ではないか！

馬は雨の中をゆっくりと近づいて、ジープの前にきた。馬の口をとっていた男が、やあ、と、声をかけて手をあげた。少年だった。馬の上の人も、顔をあげてにっこりした。少女のような女の人だった。太郎は思わずぶるっとからだがふるえた。

らんぼうにドアを開けて、太郎は雨の中に飛びだした。

「ど、どこへいくんだい、君たち」

「分教場だよ」

そう答えてから、ふいに目を輝《かがや》かせた。

「おじさん、ちょうどいいや。村の分教場までもどって、この先生を（といって、少年は馬の上の人を指さした）とどけてくれないかな。こんど新しくきた先生なんだ」

いいとも、といおうとしたが、声はでなかった。太郎はうなずいただけだった。

「先生、よかったよ。この人が、ジープで送ってくれるってさ」

少年は大声でいった。馬の上の人も、なにか答えたようだが、太郎には聞こえなかった。

いつかもやはり、この声は聞こえなかったなあ、と、太郎はぼんやり雨の中につっ立っていた。

「先生がよう、どうしても今日中に山へいくっていうんで、おれんとこの馬に乗せてきたんだけど、たすかったよ。馬じゃ、雨にぬれないってわけにはいかねえもんな」

少年は、大人っぽい口ぶりで、太郎に話しかけながら、馬から女の人をたすけおろしていた。

はじめて太郎は気がついて、はじけるようにかけよった。自分も手をかそうとしたのだが、そのとき女の人は、さっとすべりおりた。そして、太郎に向かってていねいにおじぎをしていった。

「すみません。ごめんどうをかけます」

太郎は口がきけなかった。太郎の心の奥に、長いことしまいこまれていたのは、まさしくこの人にちがいなかった。それが太郎には、痛いほどわかっていた。

そのあいだに、少年はさっさと馬を回して、もときた道へいきかけた。太郎は、思わず心の中でよびかけた。

——名なしの童子《どうじ》、忘れずに、この人をよく連れてきてくれたなあ。

龍のたまご

もう、ずいぶんむかしの話です。
暑い暑い、真夏のことでした。その年は、とりわけ暑い日が続いていました。

1

ひとりの男の子が、村はずれの広い野原を、横ぎっていきました。わんぱくそうな、元気な子どもでした。名前は、六之助《ろくのすけ》といって、上州《じょうしゅう》は否含山《いなふくみやま》のふもとにある、高取村《たかとりむら》の庄《しょう》屋《や》の末っ子です。名前のとおり、上に男ばかり五人のにいさんがいます。

六之助は、赤んぼうのとき、ほうそうという、おそろしい病気にかかったため、あばただらけの顔をしていました。そのうえ、まっ黒に日やけして、目ばかり光っていましたから、なんともいえないおかしな顔に見えました。

六之助は、これから、村はずれのササラ川まで、泳ぎにいくところでした。ほんとうをいうと、川遊びは、かあさんにかたくとめられているのです。でも、こう暑い日が続くと、六之助は、とてもじっとしていられませんでした。

「へん、河童《かっぱ》になんか、とられるもんか」

六之助は、ひたいの汗《あせ》を手の甲《こう》でぐいっとふいて、つぶやきました。さきほど、そっと家をぬけだそうとしたら、すぐ上の五之助《ごのすけ》にいさんにみつかって、河童にとられても知らないぞ、といわれたのです。五之助にいさんは、六之助とはちがって、おとなしい、やさしい子でした。

「へん、おめえは、そうだろうよ」

六之助は、そこにはいない五之助にいさんに向かって、文句《もんく》をいいました。

「おめえはよわ虫で、りくつばっかりこねやがって、みんなのお気にいりだ。おれはちがうわい。おれは、どうせうらなりだからな」

そして六之助は、ぺっとつばをはきました。

ほんとうに、六之助は、兄弟の中でも、きらわれものでした。ちびのくせに、いうことをきかないとか、ひねくれているとか、生意気だとか、理由はいくつもあります。

「おまえは、まったくうらなりのできそこないだな」

と、いちばん上の、一之助《いちのすけ》にいさんがいったことがあります。きっと、みんなもそう思っているのでしょう。

しかし、六之助の姿を見ると、きらわれるのも、無理はないかもしれません。どこから見ても、庄屋の息子のようではありませんでした。髪《かみ》の毛は、わらでしばっています。きたない単衣《ひとえ》の着物は、しりっぱしょりをして、おまけに暑いものだから、片はだぬぎにしています。そのうえ、あばたづらで、その顔も、もう何日も洗ったことがないのです。

お昼どきの村は、ぎらぎら照りつけるお日さまの下で、静まりかえっていました。六之助の足もとからは、むんむんする草のにおいが、ほこりといっしょに、わきあがっていました。

2

道のわきに、こんもりと木の茂《しげ》っているところがありました。中には、小さなお地蔵さまが、まつられています。その前を通りすぎるとき、六之助は、ふと、うしろをふりかえりました。人がうなっているような、おかしな声を聞いたのです。

――ううん――。

六之助は、木陰《こかげ》のほうをのぞきこんで、二、三歩もどりかけました。人の影《かげ》がちらりと見えたので、声をかけました。

「だれだ」

すると、中からとびだしてきた子どもがいました。垢《あか》だらけで、六之助よりもきたない男の子でした。

「なんじゃ、ヤスじゃないか」

六之助は、そういってから、こんどは鼻をくんくんさせました。ヤスは、わんぱく仲間です。

「おまえ、なんだかにおうな」

「お、お、おいらがくさいのは、いつものことじゃないか」

ヤスは、汗《あせ》まみれの顔を、ふきもしないで、ハーハー息をつきました。

「いや、ちがうぞ。おまえのにおいじゃない。とてもいいにおいだ」

ほんとうに、ヤスのからだからは、つんと鼻をくすぐるような、不思議ないいにおいがするのでした。

「いったい、なんだ」

「む、む、むこうだ」

ヤスはどんぐりまなこをいっぱいに開いて、暗い木陰《こかげ》のほうを指さしました。

「やい」

六之助は、口をとがらせました。

「お地蔵さまになにかあるのか」

「た、た、たおれている」

「たおれているって、なにが」

「知、知らない人だ。そ、そいつが、くせえのなんの！」

「人？　死んでいるのか」

「いや、生きている。でも、ありゃあ病人じゃ」

六之助は、顔をしかめてヤスをにらみました。

「その病人が、におうのか」

「そ、そうだよ、目がまわるくらい……」

「ふうん。おまえ、ここで待ってろ。ちょっと見てくる」

ヤスにそういって、六之助は木立《こだち》の中にはいっていきました。

3

お地蔵さまの前には、ヤスのいったとおり、旅姿をしたお侍《さむらい》が、くずれるようにたおれていました。お侍の近くにくると、六之助は、思わず鼻をおさえました。

お侍のからだからは、頭がしびれるような、あやしいにおいがまきあがっていたのです。息をすいこむと、目の前がぼうっとかすんで、だるいような、いい気持になりました。

「おい」

六之助は、それでも気をとりなおして、お侍をよんでみました。

「おい、お侍さん」

「む……」

かすかな返事がありました。

「どうしたんだい」

「た、たのむ。み、みず……」

「水を、飲むのかい」

「ち、ちがう」

お侍は、やっと手をあげました。

「か、川へつれてってくれ」

「川へ？」

「む……」

川なら、六之助も、今いくところでした。でも、こんな病人の大人《おとな》をつれて、どうやっていったらいいのでしょう。おまけに、六之助にも、わるい病気がうつるかもしれません。

「ぼ、坊《ぼう》や」

ゆらりと、お侍が、からだを起こしました。

「し、心配、しなくてもいい。わ、わけがあって、か、川の水で……」

そういって、肩《かた》で大きく息をつきました。

「か、からだを……清《きよ》めたいのだ」

「だって、歩けないんだろう」

「手、手をかしてくれ」

六之助は、困《こま》りました。

ふりかえってみると、燃えるような、明るい野原には、だれも見えませんでした。さきほどのヤスも、どこかへいってしまったのでしょう。

「おれ、人をよんでこようか」

「いや、だ、だいじょうぶだ。日陰《ひかげ》で休んで、すこしはらくになった」

しかたなく、六之助は、病人の手をとり、自分の肩につかまらせました。そうしてみると、お侍のからだが、まるで火のように熱いのが、よくわかりました。

4

川までの道を、ふたりは、なんどころんだことでしょう。六之助がいくら元気もので、年のわりに力があっても、病気の大きな男をつれていくのは、たいへんなことでした。からだじゅうが、汗《あせ》でびっしょりになりました。それで、なんどもころぶものですから、土にまみれた六之助は、黄粉《きなこ》をつけた大きなおだんごのようになりました。そのうえ、お侍《さむらい》の不思議なにおいをかいでいるので、だんだん頭の中が、からっぽになっていくようでした。

川岸の大きな岩かげへ、ようやくころがりこんだとき、お侍は、気を失っていました。六之助は、力をふりしぼって、お侍を流れのそばまで、ひきずっていきました。くるくると六之助は、はだかになり、川の浅いところへ、着物を着たままの病人を、静かに横たえさせたのでした。

しばらくすると、お侍の苦しそうな息が、すこしずつおさまっていきました。

なぜかわかりませんが、からだじゅうにしみこんだあやしいにおいは、冷たいササラ川の流れに洗い流されていったのです。

やがて、お侍は、ぽっかり目をあけました。頭をささえていた六之助も、やっと安心しました。

「ありがとう」

お侍は、にっこりして、六之助にいいました。先ほどとくらべると、人がちがったように、しっかりした声でした。

「おかげで助かった。どうやら、命びろいをしたようだ」

そういいながら、からだを起こすと、流れの中にあぐらをかきました。

「ありがとう、ずいぶんおどろいただろう」

「うん」

六之助は、自分の頭に水をかけながらうなずきました。

「すごいにおいだったよ」

「そうだ。すごいにおいだ」

お侍はそういって、ザーッと水音を立てて、岸にあがりました。そして、ぬれた着物をはぎとるようにぬぎすてました。はだかになると、がっしりした強そうな人でした。その人が、ほんのすこし前までは、あんなによわっていたのです。

六之助は、まるで、だまされたような気がしました。

「あのにおいは、なんだと思うかな」

お侍は、また水の中にはいってきて、六之助にいいました。

「おれ、知らないよ」

お侍は、小さくうなずきました。

「あれは、龍《りゅう》のたまごのにおいなのだよ」

「なんのたまご?」

「龍だ。百虫《ひゃくちゅう》の王、龍のたまごだ」

「龍?」

六之助は、びっくりして、お侍の口もとを見つめました。龍なら六之助も知っています。でも、ほんものの龍を見た人がいるでしょうか。

「龍は、人に姿を見せない」

お侍は、まじめな声で続けました。

「しかし、龍は、人里はなれた野山に、たまごを産《う》み落とすことがある。ことしのように、暑い日がつづく夏をえらぶのだ」

　六之助は、ぽかんとして、お侍のいうことを聞いていました。龍のたまごなんて、そんな話はきいたことがありません。

（おれが子どもだと思って、でたらめをいっているのではないか）

　そう思って、口をとがらせました。

「信じられないようだな」

　お侍は、にこにこしました。そして、水を自分のからだにかけました。

「命の恩人に、うそはいわない。あのにおいは、まだおぼえているだろう」

「うん」

　六之助も、うなずきました。龍のたまごはともかくとして、においは、たしかに不思議なにおいでした。

「龍のたまごは、日に暖められて、七日めにかえるいう。七日でかえらなければ、くだけて散ってしまうそうだ」

「それを、見たのかい」

「そう。けさ早く暗いうちに、わしはとなりの山田村《やまだむら》を出たんだ。暑くならないうちに、高取村を通りすぎて、表街道《おもてかいどう》へ出るつもりだった」

お侍は、また水の中に横になりました。六之助もまねをして、そのわきにならびました。

「夜が、明けはじめたころのことだ。もう、むし暑くなってきた。まだ日ものぼらないのに、がまんできないほどだった。旅には、なれているのだが、こんなことははじめてだった」

六之助が、おとなしくきいているので、お侍は続けました。

5

「そのとき、わしの顔に、冷たい風がさっと当たった。わしは、おやっと思った。生きかえったような気持で、しばらくそこに立ちどまった」

「そこに、龍《りゅう》のたまごがあったのかい」

「まあ、待て。わしは、汗《あせ》をぬぐいながら歩きだした。すると、もう風はふいてこない。不思議に思って、またもとへもどってみたら、冷たい風が顔に当たった。わしは、二度も三度も、いったりきたりしてみた。どうやら、その冷たい風は、道を横ぎって、この川の流れのように、一すじだけ流れているのだ」

六之助は、もうすっかり話に聞きほれていました。いつのまにか、川の中にきちんとすわりこんで、両手をひざについていました。

「わしは、その冷たい風の流れをさかのぼって、草むらの中へはいっていった。いくらもいかないうちに、かすかにいいにおいがしてきた」

お侍《さむらい》は、ため息をつきました。

「あのにおいは、この世のものとも思えない。わしは、一足一足、草をふみしめているうちに、とうとうみつけたのだ。生《お》い茂《しげ》ったすすきの中に、丸い、大きな石があった。その石のまわりからは、ぞっとするような冷たい空気が、流れでていたのだ」

そこまで話して、お侍は、ぶるぶるっと、からだをふるわせました。

「さあ、もう水から出よう」

「でも、なぜ、あんな病気になったの」

六之助は、お侍のあとを追いながらいいました。ふたりは、岸の日陰《ひかげ》にすわりこみました。

「古い本に、龍《りゅう》の石《いし》と書いて〝龍石《りょうせき》〟と読ませている。龍のたまごのことを、そういうんだね。もちろん、わしも、見たのははじめてだよ。ところが、その本に、龍石《りょうせき》には決して手をふれてはいけない、と書いてあった」

「わけのわからない熱病にかかって、手当がおくれると、命がなくなるというんだ」

「なぜ？」

「それなのに、さわったんだな」

六之助は、あきれたようにいいました。

「そのとおりだよ。わしは、刀をさしてはいるが、学問をしているものだ。本草学《ほんぞうがく》といって、草や木を調べる学問だが――」

そういって、お侍は、ちょっと笑いました。

「めずらしい草を集めるために、こうして裏道《うらみち》ばかり旅をしているんだ。だから、そのくせがでて、いろいろ調べてみないと、気がすまない」

「もうすこしで死ぬところじゃないか」

「そうだった」

お侍も、うなずきました。

「早いうちに、きれいな水の流れでからだを洗い清《きよ》めれば、病気にならない、ということも聞いていたのでね。いそいでこの川までくれば、だいじょうぶだと思った」

六之助は、パチンと、お腹《なか》にとまったやぶ蚊《か》をたたきました。

「それで、どうしたの？」

「わしは、そっと龍のたまごを指でおしてみた。すると、指がふわりとめりこんだ。龍のたまごは、綿のようにやわらかかった」

「不思議だなあ」

「うん、不思議だ。指をはなしたら、また、ふわりともどった。だが、そのとき、わしのからだにふるえが走った。するどい強いにおいがおこったのも、そのときだった。においはおまえも知っているように、気が遠くなるほど強く、わしのからだにしみついた。わしは、早く川までいかなければと思って、歩きだしたが、どこをどうして歩いてきたのか、おぼえがない」

「あぶなかったね」

「まったくだ。おかげで、荷物も、どこかへ落としてきてしまった」

お侍は、静かに笑いながら、そういい終って、立ちあがりました。そして、ほしてあった着物から印籠《いんろう》（薬いれ）をはずして、持ってきました。

「これを受けとってくれ。たいしたものじゃないが、なにもお礼するものがない」

六之助は、いらないといいましたが、お侍は、無理ににぎらせました。

「そろそろ着物もかわく。でかけるとしよう」

「もう、いっちまうのかい」

「ああ、城下町《じょうかまち》には、友だちがいるのでね。そこへやっかいになる」

ゆっくり着物をつけ、お侍は、はだかの六之助の頭をなでました。

「あの龍のたまごは、おそらく産《う》み落とされて、まもないものだろう。それでなければ、あんなに冷たくないはずだ。だれにもいわないほうがいいよ。そっとしておくんだな」

「お侍さん」

六之助は、あわてて大きな声をだしました。

「なにかね」

「その、龍のたまごは、どのへんにあるんだろう」

「さあ、わしにもよくわからない。なにしろ、無我夢中《むがむちゅう》だったからな。おまえも、うっかり足をふみこまないことだ」

そういって、ゆっくり、大またに岸をあがっていきました。

6

家へ帰った六之助は、かあさんにしかられました。川へいったのでしょうといわれて、あっさりうなずいてしまったからです。五之助にいさんが、いいつけたのにきまっています。でも、六之助は、すなおにあやまりました。あまりおとなしくあやまったので、かあさんのほうが、かえってびっくりしたくらいでした。

「これからは、ゆるしませんよ。どうしても水あびがしたければ、裏《うら》の井戸で、いくらでもあびなさい」

「はい」

うなずいた六之助は、思いきって、聞いてみました。

「ねえ、かあさん、龍《りゅう》のたまごを知っていますか」

「なんですって」

かあさんはふりかえりました。

「龍のたまごです」

「ばかなことを、いうもんじゃありませんよ」

あきれたように答えて、かあさんはいってしまいました。六之助は、口をとがらせて、離れの一之助にいさんのところへいきました。一之助にいさんは、離れ座敷《ざしき》をひとりじめにして、いばってばかりいます。本を読むのが好きで、頭もいい人でした。

六之助は、このにいさんが好きでしたが、あまり相手にしてもらえません。

「にいさん」

六之助は、離れの外から、声をかけました。

にいさんは、横になっていたらしく、机《つくえ》の前から顔だけをあげて、返事をしました。

「なにか用か」

「用というわけではないんだけど」

「それなら、勉強のじゃまをしないでくれ」

「あのう、教えてもらいたいことがあるんです」

「おまえが？　ほう、めずらしいことがあるな。いったいなんだ」

六之助は、よけいなことをいわずにききました。

「龍のたまごを知っていますか」

「龍のたまごだと？」

一之助にいさんは、目をむいて、からだをおこしました。

「そんなもの知らんよ」

「でも、龍だって、たまご産《う》むのでしょう」

「なるほど、龍も、もしこの世に生きているとすれば、たまごを産むかもしれない。しかし、龍は人が考えた、空想の生物《いきもの》だ」

そういって、また、ごろりと横になりました。

「つまらんことを聞きにくるなよ」

六之助は、つまらんことではない、といおうと思いましたが、そのまま帰ってきました。

自分の部屋《へや》にひきあげた六之助は、お侍《さむらい》にもらった印籠《いんろう》を眺《なが》めながら、ひっくりかえって考えました。貝をちりばめた、みごとな印籠でした。これを見ると、さきほどのお侍が、いいかげんなことをいったとは、どうしても思えないのでした。

六之助は、むっくり起きあがりました。そして、縁先《えんさき》へ出ていきました。広い野原は、ようやく日がかげっていました。その野原のどこかに、龍のたまごが一つ、静かにころがっているはずでした。

「おれも見たい」

六之助は、つぶやきました。いま見なければ、もう一生、見られないかもしれません。どのへんにあったたか、もっとよくきいておけばよかった、と思うと、残念でした。あと七日たてば、もうたまごはかえってしまい、見られなくなるのです。

あのお侍は、山田村から、高取村へはいる道の近くだといっていました。そうすると、ここからは、ほぼ一里（約四キロメートル）あります。

「よし。あしたから、さがしにいってみよう」

そうつぶやいて、六之助は、胸《むね》をわくわくさせたのです。

7

つぎの日朝早く、六之助は大きなにぎりめしを自分で作って、家を出ました。あいかわらず暑い日でした。六之助が、心当たりの場所へついたころは、もう、焼きつくように日が照っていました。

それでも六之助は、夢中《むちゅう》になって、あちこちさがしました。草むらの中を、棒《ぼう》をふりまわしながら歩きました。冷たい風はふいてこないか、あの不思議なにおいが流れてこないか、鼻を動かしながらさがしました。でも、そのたまごはみつからないで、すっかりくたびれてしまいました。木陰《こかげ》に腰《こし》をおろして、にぎりめしを食べると、がっかりして家へ帰りました。

次の日も、六之助はでかけました。こんどは、さがす場所をこまかくくぎって、二十歩横に歩いたら、つぎには、まっすぐに百歩歩きました。また横に二十歩歩いて、百歩あともどりしました。その日は、そんなふうに道の南がわを歩きました。でも、やっぱり、なにもみつかりませんでした。

つぎの日は、北がわをさがすつもりでした。ところが、その日の朝、六之助は、二之助《にのすけ》にいさんに、つかまってしまいました。

「六、おまえは、きのうも、おとといも、朝からどこへいったんだ」

六之助は、二之助にいさんがいちばん苦手でした。兄弟の中で、いちばん力があります。畑へでて働くのも好きですし、木刀をふりまわしたり、馬をのりまわしたりするのも好きでした。六之助がだまっているので、二之助にいさんはじれったそうにいいました。

「どこへいったんだって、聞いているんだぞ」

「山田村とのさかいです」

「そんなところへ、なにしにいったんだ」

「……虫のたまごをさがしにいきました」

どうせ笑われると思って、六之助は、いいかげんな返事をしました。

「虫のたまごだって?」

二之助にいさんは、にやにやしました。

「なんの虫か知らないが、そんなものをみつけてどうするつもりだ」

「どうもしません。ただ見たかったんです」

「やめろ、やめろ。やめて、きょうからおれのてつだいをしろ。みんなで、納屋《なや》の大掃除《おおそうじ》をするつもりなんだ」

六之助は、うなずきました。二之助にいさんは、いいだしたらもうだめです。そのへんは六之助もよく似ていますが、二之助にいさんにはかないません。

こうして、それから三日間、六之助は二之助にいさんにつかまり、龍《りゅう》のたまごをさがしにいくことができませんでした。お侍《さむらい》にあってから、五日もたってしまいました。龍のたまごは、もうかえってしまったかもわかりませんでした。

8

六之助は、朝、暗いうちに起きだして、そっと家をぬけだしました。

(きょうみつけなければ、もう終りだ)

六之助は、そう思ったのです。

しばらくいくうちに、空が明るくなりました。朝露《あさつゆ》が足にかかって、着物のすそがびっしょりぬれました。

山田村に近づいたころ、西の空から、まっ黒な雲が広がりはじめました。やっと明るくなったのに、あたりは、また、黒くなってきました。六之助は、ひさしぶりにひと雨くるのだと思いました。遠くで、雷《かみなり》がなっていました。

（朝から雷なんて、めずらしいな）

そう思って六之助は、立ちどまりました。そのとき、かすかに、おぼえのあるにおいが、生暖かい風にまじって、流れてきたのです。

（しめた！）

六之助は、目を輝《かがや》かせました。お侍《さむらい》のときは、冷たい風でした。いまは、生暖かい風です。でも、たまごがもう、すっかりあたたまって、こんな、生暖かい風になってしまったのかもしれません。

かけだしたいのをがまんしながら、六之助は、においの流れてくるほうをよく調べました。そして草の中にはいっていきました。

なまぬるい風は、ときどき、消えてしまいました。そんなとき、六之助は落ちついて、鼻をぴくぴくさせ、ゆっくりあともどりをして、においの流れをさぐりました。

そうやって、どのくらい歩いたでしょうか。やがて、深いすすきの茂《しげ》みにはいりこみました。きゅうに、においが、強くなってきました。六之助は、胸《むね》をときめかしながら、その中をそうっとのぞきこんだのです。

そして、とうとうみつけたのでした。

お侍のいったように、龍《りゅう》のたまごが、そこにありました。足もとから、むっと熱気がわきあがっていました。その不思議な大きなたまごは、うすぐらい中で、七色ににぶく光っていました。その七色の光が、ゆるゆると動いているのです。たまごは、たしかに生きているのです。

六之助は、長いことそのたまごを見ていました。いくら見ても、見あきませんでした。そしてずいぶん長いあいだたちました。

六之助の目の前に、いきなり火の柱が立ちました。まるで山がくずれるように、はげしい音がしました。

雷でも、落ちたのでしょうか。六之助は、草の中にたおれました。その前で、にじ色のたまごは、きゅうにまぶしい光を出して、きらきらと輝きました。なにかが、起こりはじめたのです。光は、しだいに強くなり、六之助は、もう目を開けていられませんでした。

ゴーッと腹《はら》にひびくような音がして、たまごがわれました。そしてまた、火の柱が立ちました。その中に、六之助は金色の小さな龍を見たのです。

9

六之助は、母屋《おもや》の座敷《ざしき》で、目をさましました。まくらもとに、かあさんの顔がありまし

た。なにかいったように思いましたが、六之助には、よく聞こえませんでした。なにが起こったのか、はっきりしないまま、またうとうとと、ねむってしまいました。

あのとき、六之助は、いちど気がついて、家へ帰ろうとしたのです。でも腰《こし》が立たなかったので、四つんばいになって、ようやくからだを動かしました。けれども、道へ出ないうちに、また気を失ったのでした。

その六之助をみつけたのは、二之助にいさんでした。

お昼になっても、六之助があらわれないので、腹《はら》を立てた二之助にいさんは、

「また山田村のほうへいったのだろう」

と、馬をとばして、さがしにきたのでした。そして、野原にたおれていた六之助をみつけました。

「龍《りゅう》のたまご！　龍のたまご！」

はこばれてくるとちゅうも、六之助はうわごとをいいつづけていました。

おとうさんは、一目見て、「雷《かみなり》さまにやられたな」といいました。そして、どくだみ草を、馬に食べさせるほど、とってこさせました。それを、すりばちですって、どろどろにしたものを、はだかにした六之助のからだに、ぺたぺたとぬりつけました。かわくと、す

ぐまた、ぬりかえました。一晩中、そうやっているうちに、六之助は、やっと目をさましたのでした。

「六、ひどいめにあったな」

一之助にいさんは、六之助が二度目に目をあけたとき、そばにいて、そういいました。

六之助は、ようやくはっきり思いだしました。

「にいさん、おれ、龍のたまごを見たんだ」

「うん、うん」

一之助にいさんは、すっぱいような顔で答えました。たぶん、信じられなかったのです。

（おまえの見たのは、龍のたまごでなく、虎《とら》の皮のふんどしをした鬼《おに》ではないかな）

そう思っていたのです。でも、だまって六之助の顔を見ていました。そのときはまだ六之助も気がついていませんでしたが、六之助の髪《かみ》の毛は、一本残らず抜《ぬ》け落ちていました。それだけでなく、着物から出ていた顔や手足は、すっかり皮がむけていたのです。

それでも六之助は、めきめき元気になりました。そして元気になるにしたがって、家の人たちは、不思議なことに気がつきました。

ひどいあばたづらだった六之助は、まるで女の子のように、すべすべした、きれいなはだになっていたのです。そればかりではありません。顔つきまで、すこしずつかわってきているのにおどろいていました。前からの六之助にはちがいないのですが、どことなく、美しい感じがするのです。一度抜けた髪の毛も、すぐに生《は》えはじめ、前よりふさふさと、のびてきました。

しばらくすると、六之助は、すっかりよくなりました。わんぱくなところは、あいかわらずでしたが、一之助にいさんにせがんで、本を読むことを教えてもらいました。そして、一度聞いたことは、いっぺんにおぼえました。

一年ほどたつと、高取村に、龍神《りゅうじん》の申し子がいるといううわさが、遠い国まで、伝わっていきました。

そこなし森の話

1

むかし、上州《じょうしゅう》（群馬県あたり）否含山《いなふくみやま》の山すそに、うす暗いほど木の生《お》い茂《しげ》った森がありました。

この森にいちばん近い村でも、十里《り》（四十キロぐらい）ほど離れていましたし、その村とのあいだには、深い谷川があって、ろくな道もありませんでした。おかげで、炭焼きも木こりも、まだ森へはいったことがなかったのです。

ただ、獲物《えもの》を追いかけてきた猟師《りょうし》が、ときたま、まぎれこんでくることはありました。ところが、鹿《しか》でも狐《きつね》でも、この森に逃げこんだが最後、めったなことでは見つからなくなってしまうのです。そこで、猟師たちも、森の奥《おく》まではいらず、あっさりあきらめてしまうのでした。

「あの、そこなし森に逃げこまれたら、もうおしまいじゃ」

猟師たちは、よくそういいました。

◇

ある年の秋のことです。

どこをどう迷《まよ》いこんだのか、その、そこなし森の真中《まんなか》で、汗《あせ》をふいている旅人がいました。ただの旅人ではなく、六部《ろくぶ》の姿をしていました。六部というのは、ほうぼうのお寺や神社をお参りして歩く人たちのことです。でも、この人がほんものの六部かどうかはわかりません。

背中には、大きな縦長《たてなが》の箱《はこ》のような荷物を背負っていました。これは仏《ほとけ》さまをかざる厨《ず》子《し》です。持ち歩きのできる、仏壇《ぶつだん》のようなものです。手に持っているのは、〝六部笠《がさ》〟という、浅い編笠《あみがさ》でした。かぶっていると、木の下枝《したえだ》に当たって、じゃまになるのでしょう。先ほどから、こわきにかかえていたようでした。

お坊《ぼう》さんのように、つるつるにそった頭をふいて、六部は元気よくまた歩きはじめました。もうかなりの年寄りのようでしたが、旅には、なれているらしく、日にやけた顔が、まるっきりのんきそうに見えました。こんな森に迷いこんだのに、ちっとも困《こま》っているようすは、ありませんでした。

背中の荷物をゆすりあげると、ガサガサと下草《したくさ》をわけて、森の奥へ進んでいきました。今まで、そんな奥のほうまで、人がはいってきたことはありません。そのことを知っているのかどうか――。年をとった六部姿の旅人は、むりやり森の中にもぐりこんでいって、やがて見えなくなりました。

まるで、そこなし森に、のみこまれてしまったようでした。

2

たしかにこの人は、そこなし森にのみこまれたのでした。

森の中を泳ぐようにして進んでいくと、ぽっかりと開《ひら》けた場所にでたのです。どういうわけか、深い森の中に、一本も木のないところがあって、足もとには、やわらかなかれ草が、秋の日をあびて光っていたのです。

「やあ」

旅人は、びっくりしたように、ぐるぐるっとからだを回して、空を見あげました。

梢《こずえ》のはしに、否含山《いなふくみやま》のてっぺんがのぞいていました。

「ほほう」

六部姿《ろくぶ》の年寄りは、ひとりでうなずきました。どっこいしょ、と、背中の厨子《ずし》をおろすと、この思いがけない草原《くさはら》を、あちこち見て歩きました。それから厨子のところへもどって、扉《とびら》を開けました。持ち歩き用の仏壇《ぶつだん》ですから、観音開《かんのんびら》きの扉がついているのです。中から、布きれに包んだものをとりだしました。くるくるとほどいていくと、大きななたがころがりでました。

一振《ふ》り二振り、そのなたを振ってから、ぐいっと腰《こし》にさしました。そして、ひょこひょこと、森の中へもどっていったのです。

やがて、カッン、カッンという、木を切る音が、草原までひびきました。いったい、この年寄りは、なにをするつもりなのでしょうか。

――十日たつと、このそこなし森の草原には、掘《ほ》っ立《た》て小屋《ごや》が建ちました。屋根もかべも、笹《ささ》や小枝《こえだ》で作ってあります。床《ゆか》にはかれ草がいっぱい敷《し》いてありました。小さないろりもつくってありました。片すみには、仏《ほとけ》さまもかざってありました。

その小屋の真中《まんなか》に、きちんとすわって、その年寄りはとてもうれしそうでした。

「なんとも、わしにふさわしい場所が見つかったもんじゃ。ここなら、もう一生動かなくてもいい。思いきって、筑紫《つくし》（九州）の山をでてきてよかった」

そんなことをつぶやきました。どうやら、ずっとここで暮らすつもりのようでした。

次の日から、そこなし森の住人は、毎日木の実を集め、枯《か》れ枝をひろって、冬の支度《したく》をはじめました。

夜になると、油をともして本に読みふけりました。背中に背負ってきた厨子の中には、難しい本が何冊もはいっていたのでした。もしかすると、もとは学者か、お侍《さむらい》だったのかもわかりません。

きっとこういう人を〝世捨《よす》て人《びと》〟というのでしょう。世の中がいやになったり、人に会うのがきらいになったりして、山にひとりでこもってしまう人が、むかしはあったのです。

とにかく、そこなし森は、こうして、人をひとり、すっぽりとのみこんでしまいました。

そのことを知っている人は、どこにもいませんでした。

いちばん近い村の人たちも、もちろん知りませんでした。

3

一年たって、また秋になりました。

ある日のこと、すっかり仙人《せんにん》のようになってしまったそこなし森の年寄りは、うす暗くなるまで本を読んでいました。油がもったいないので、戸をあけました。入り口ににじりよって、夕焼けの赤い光で本を読みつづけました。

そのとき、小屋《こや》の前を、なにかが走りぬけました。目をあげて見ると、大きな鹿《しか》でした。あわててまた森の中へかけこんでいくところでした。

「ほう」

年寄りはつぶやきました。森でけものを見るのは、めずらしいことではありませんでしたが、この小屋の前にでてきたのは、はじめてでした。

「あれは、けがをしているな。うしろ足をひきずっていたぞ」

そういっただけで、もう鹿のことは忘れたように、本を持ちなおしました。そしてしばらくたちました。

いきなり耳の近くで、パン、と、やきぐりがはぜたような鋭《するど》い音がしました。年寄りは、左肩《ひだりかた》に手を当てて、草原《くさはら》を見すかしました。いまの音といっしょに、肩がちくんとしたのです。虫にさされたような感じでした。

すぐ立ちあがって、はだしのまま草原におりました。すると、いたちのような小さな生き物が、草むらからとびだして、あわてて逃げるのが見えました。けれども、枯《か》れ草に足をとられたのか、いくらも逃げないうちに、ころがりました。ばたばたもがいているところに近よって、年寄りは、そっとのぞきこみました。

「ぎゃあっ」

その生き物が叫びました。年寄りは一足とびさがって、それから大急ぎで小屋にかけこみました。戸をしめると、片すみにおいた仏《ほとけ》さまに向かって、目をつぶったまま手を合わせました。

なにかぶつぶついっているのは、たぶんお経《きょう》をとなえているのでしょう。

年寄りは、いったいなにを見たのでしょうか。

さっきの生き物は、人の形をしていたのです。着物をきて、たっつけばかまをはいて、足には、沓《くつ》のようなものまでつけていました。けれども、そんなことって、あるはずはないのです。

お経をとなえながら、年寄りはすこしずつ落ちついてきました。ひとりで山にこもるくらいですから、もともときもの太い人だったのです。

「まさか猿《さる》ではないな。あんな小さい猿はいないから。とすると、やっぱり見まちがいだろう。本の読みすぎ――うん、そうじゃ。目がつかれたんじゃ。あれはきっと、そうだ、がまがえるかもしれん。がまがえるを、人間の姿と見まちがえたんじゃろう」

そんなひとりごとをいいました。けれども、もう外へでるのはいやだったので、はやばやとねることにしてしまいました。

次の日は、朝早く目がさめました。そこで夜が明けるのを待ちかねて、草原《くさはら》へでてみました。

きのう、妙《みょう》な生き物を見たあたりを足でけっていると、コツンと当たったものがありました。手で枯《か》れ草を分けて探してみると、三寸（九センチぐらい）ほどの棒《ぼう》きれのようなものがみつかりました。

「ややっ」

ひろいあげたまま、年寄りはぽかんとしたように空を見あげました。

その棒きれは、小さな鉄砲《てっぽう》だったのです。猟師《りょうし》が持って歩く、火縄銃《ひなわじゅう》とそっくりにできたひな型で、みごとな作りでした。

「まてよ」

年寄りは、二本の指で、その小さな鉄砲をつまみながらつぶやきました。よく見ると、糸のような火縄もついていましたし、引金《ひきがね》も動くのです。筒先《つつさき》をかぐと、かすかに火薬のにおいまでするではありませんか。

（そういえば、あのとき、パン、と、音がしたっけ。あれは、この鉄砲の音だったんじゃろうか）

そうすると、きのう見た人形《ひとがた》の生き物は、やっぱり人の姿をしていたのでしょうか。それとも、がまがえるのばけものだったのでしょうか。

「どうもいけない」

明るい朝の光の中で、年寄りは首をふりました。

「いけない、いけない」

口の中でもぐもぐといいました。

「せっかく、ここで骨になろうと思ったんじゃが、こんなことがあると、また、よそへいきたくなるわい」

そして、大きなため息をついたのでした。

4

ちょうどそのころ、もうひとり、大きなため息をついた人がありました。この森から十里《り》ほどはなれた、村の若者でした。

「まあ聞いておくれったら、おやじさん。おいら、たしかにわるかったんだ。それはわかってるよ。でも、しかたがなかったんだ。あんな目にあえば、おいらばかりか、おやじさんだって――」

　若者の前で、あぐらをかいていたおやじさんが、じろりと目をむきました。それで、若者は話をかえて続けました。

「そりゃ、そこなし森にふみこむなんて、素人《しろうと》のやることとさ。だが、あの鹿《しか》は、すごいやつだったんだ。いくらそこなし森だって、傷《きず》ついた鹿が、そうそううまくかくれられるもんじゃない。そう考えたから、おいらは追いかけたんだ。ほんとだぜ。それに、ぐずぐずしていると、日が暮れちまいそうだったからな」

　若者は、またため息をついて、自分に自分で返事をしました。

「うん、そうなんだよ。たしかに、へんなこともあったさ。いきなりすごい草むらにはいっちまってよ。身の丈《たけ》ほどもある、枯《か》れ草のやぶの中だった。そこから、山ほどもある家が見えて、つまりそこがやつの住処《すみか》だったんだ。おいらは、思わずねらいをつけて、引金《ひきがね》をひいちまった」

　おやじさんは、またじろりと息子の顔を見返しました。

「そこに、その大入道《おおにゅうどう》がいたっていうのか、ばかばかしい」

「ほんとうだよ。おやじさんの前だが、きっとあいつがほんとの大入道ってやつだ。のっしのっしと、おいらのほうへやってきたときにゃ、もう、無我夢中《むがむちゅう》だった。なにしろ

――」

若者は、両手をいっぱいに拡《ひろ》げました。

「足の裏《うら》だけでも、このくらいはあった。うそじゃない、うそじゃないんだ」

おやじさんも、すこしずつ若者の話にひきこまれてきたようすで、なにもいいませんでした。

「おいらの撃《う》った弾丸《たま》は、当たったはずだよ。ところが、あいつは、けろりとしていやがった」

「そんなときは、だまって逃《に》げるんだ。ばけものにむかって、てっぽぶつなんぞ、自慢《じまん》にもなにもならんわい」

「そうだったよ。そうすりゃよかったんだな。つかまえにきたとき、おいらはあわてていたんで、草に足をとられたんだ。鉄砲《てっぽう》は、そのときどこかへ落としたんだろ。おいらがもがいていたら、その大入道のやつ、上からのぞきこんだんだ。ああ、あの顔は、一生忘れられないだろうな」

「ばかな話だ」

「でも、そのとおりだったんだよ、おやじさん。おいらは力いっぱい叫《さけ》んだ。もう助からないと思ったんだ。ところがどういうつもりか、そいつは住処へひきかえしていってしまった。おいらは、やっとのことで立ちあがって、あとも見ずに逃げてきたんだ。鉄砲なんか、ひろうどころか、命をひろうだけで、せいいっぱいだった」

「ふん」

おやじさんは、それでも、息子が無事だったのを、よろこんでいるようでした。

「まあ、鉄砲がなければ、猟師《りょうし》はできんぞ。猟師をやめて、百姓《ひゃくしょう》になるんだな」

「ああ、おいら、そうするよ。あんなおそろしいめにあったら、もう猟師にはなりたくなくなった」

「ふうん」

おやじさんも、息子の若者も、そこでだまりこくってしまいました。

◇

次の日のお昼ごろ、六部《ろくぶ》姿の旅人が、この村を通りぬけました。あのそこなし森に住んでいた、年寄りにちがいありませんでした。

鉄砲をなくして、百姓になることにした若者と、村はずれですれちがったとき、旅人が、日光街道《にっこうかいどう》へでる道をたずねました。若者は、どこかで見た人だと思いながら、道を教えてやりました。

きつね三吉

むかしむかし、否含山《いなふくみやま》という山のふもとの村に、一軒《けん》の鍛冶屋《かじや》がありました。村の鍛冶屋は、鎌《かま》や、鍬《くわ》や、なたを作るのが仕事です。小さいものならひとりでもできますが、たいていは、ふたりがかりで作ります。

親方は、左手に、真赤《まっか》にやいた鉄をはさんだやっとこを持ち、右手に小さい金鎚《かなづち》を持って、金敷《かなしき》の前に腰《こし》をおろします。そして、トンテンと、二回鉄をたたきます。すると、向いあって立っている弟子《でし》が、大きな金鎚を振《ふ》りあげて、親方のたたいたところを、カーンと、力いっぱいたたきます。ぱっと火花が飛びちります。

ふたりが、息を合わせてたたきはじめると、トンテンカン、トンテンカンと、調子のいい音が、村中に響《ひび》くのでした。

鍛冶屋の親方は、茂平《もへい》といいました。もとから村にいた人ではありません。旅の途中で病気になり、この村にやっかいになったのですが、やがて元気になると、茂平は、お礼に鍛冶屋の仕事をしました。その鍛冶屋の腕《うで》をみこんだ村の人たちが、ひきとめたのだそうです。

〽鍛冶茂《かじも》の　たたいた　草刈鎌《くさかりがま》は
三年竹《さんねんだけ》でも　刈りとれる

そんな祭り唄《うた》までできたほど、茂平親方の腕はよかったのです。〃鍛冶茂《かじも》〃というのは、鍛冶屋の茂平を、ちぢめたことばです。

茂平は、村に住みついて、おミネという村の娘を、おかみさんにもらいました。ふたりのあいだに、ウメという女の子がひとりだけありました。目のぱっちりした子で、おかみさんも、親方も、たいへんかわいがっていました。

茂平には、弟子がふたりいました。年上の兄弟子は、長太《ちょうた》という、ずんぐりした若者で、もう、いい腕前になっていました。茂平親方とむきあって、大鎚《おおづち》を打ちおろすのは、いつも長太でした。

弟弟子のほうは、三吉《さんきち》といって、まだ子どもでした。だれから茂平のことを聞いたのか、たったひとりで村へやってきて、いきなり、弟子にしてくれ、といったのです。

「おめえのからだじゃ、鍛冶屋には向かねえだろう」

そのとき、親方は、三吉をじろりと見ただけでいいました。ほんとうに、三吉はほっそりした、やさしそうな子で、力仕事の鍛冶屋には、無理だと思われたのです。

「でも、おれ、鍛冶屋になりたいんだ」

三吉は、目をきらきら光らせていいました。

「おれ、鍛冶屋になりたくて、否含山の向うから、五日もかかってやってきたんだ。親方、どうかお願いします。弟子にしてください」

それを聞くと、茂平親方は、もうなんにもいわずに、弟子にしました。そして、鍛冶屋の仕事はさせずに、ウメの遊び相手ばかりさせました。

おかみさんのおミネは、かげでそっと、三吉の身の上をたずねました。三吉は、自分の生まれた村のことも、身内のことも、きちんと答えました。あとでおミネは、人にたのんでその村のことを調べてもらいましたが、三吉のいったことに、まちがいない、という返事がありました。

◇

五年たちました。

すっかり一人前になった長太は、自分の村へ帰って、鍛冶屋《かじや》をはじめました。

茂平親方は、あいかわらず元気で、働いていました。親方と向きあって、大きな金鎚《かなづち》をふりまわすのは、三吉でした。たった五年しかたたないのに、三吉は、ぐっと背がのびて、のっぽの若者になっていました。

ほっそりしたからだつきは、むかしとかわりませんが、ばねがはいっているかと思うほど、しなやかな手足をしていました。

力自慢《ちからじまん》の長太でさえ、二貫《かん》五百の大鎚《おおづち》を使っていたのに、この三吉は、三貫目（一貫は約三・八キログラム）の大鎚をぶんぶん振《ふ》りまわして、息も切らせませんでした。

「ふんとにまあ、てえしたもんじゃい」

ときどき、鍛冶屋の軒先《のきさき》をのぞいていく村の人も、三吉の仕事ぶりを見て、目を丸くしました。

「なあ、茂平さん。おまえさんも、まったくいいあととりを見つけたもんだのう」

そういって、みんなが三吉をほめました。そんなとき、茂平親方は、鼻のわきにしわをよせて、にやりとしました。

その茂平親方が、どう思っているかはわかりませんでしたが、おかみさんのおミネは、いつか三吉とウメを夫婦にして、鍛冶屋のあとを継がせようと考えていました。

五年たったら、ウメも、きれいな娘になっていました。ウメは、ものかげから、三吉の働く姿を、だまって眺《なが》めていることが、よくありました。りっぱになった三吉のそばには、なんとなく近よりにくくなって、ふたりはめったに口もきかなくなりました。

ある日、この村へ、見たこともない、あやしげな旅の坊《ぼう》さんが通りかかりました。深い笠《かさ》をかぶっていましたから、どんな人なのか、顔も見えませんでしたが、鍛冶屋の前まできたとき、ふと立ちどまって、中をのぞきこみました。

そのとき、鍛冶屋の仕事場には、三吉がひとりで火を起こしていました。

坊さんは、笠もとらずに、ついっと仕事場にはいりこむと、いきなり声をかけました。

「おまえ、こんなところでなにをしている」

さっと振りむいた三吉は、ぎょっとしたように立ちあがりました。そして、じりじりとあとずさりました。

「逃《に》げるな！」

坊さんは、いきなり、かんだかい声でいいました。その声を、家の中にいたウメが聞きつけました。ウメは、犬でもほえたのかと思った、と、あとでいいました。

三吉は、それを聞くと、がっくりと肩《かた》をおとして答えました。

「逃げません。でも、ここは今、火が起きたところです。だれかにことわってきます」

ウメが、こわごわ顔をだしたのは、そのときでした。

「おウメさん」

三吉は、目をきらりと光らせて、よびかけました。

「おれは、この……人と、ちょっとでかけます。親方によろしく……」

そして、もっとなにかいいたいように、口ごもりましたが、そのまま、すっと外へでていきました。坊さんは、ウメに向って、軽く会釈《えしやく》をすると、ゆっくり三吉のあとを追いました。

ウメは、はだしのまま、思わず戸口にかけよりました。そして、三吉と坊さんがでていったほうをのぞきました。ところが、見えたのは坊さんだけでした。坊さんの前にも、うしろにも、だれもいませんでした。

それっきり、三吉はもどってこなかったのです。

茂平親方も、おかみさんも、はじめのうちは、三吉がいなくなるなんて、思ってもいないようでした。

「ちょっとでてくるっていったんだろ。それならきっと、山道でも案内していったんだろうよ」

のんきにそんなことをいいあっていたのですが、その日のうちには帰らず、次の日も、その次の日も、十日たっても、一月《ひとつき》たっても、三吉はもどりませんでした。

「もといた村へ帰ったのかねえ」

おかみさんは、いつまでも、ぐちをこぼしていました。そして、人をやって迎《むか》えにいったらどうだろうかと、茂平にいっては、しかられました。

「逃げだした弟子《でし》に用はない」

茂平親方は、口をへの字にまげて、そういうだけでした。

ウメは、親にかくれて泣きました。いくらかくれて泣いたって、はれあがったまぶたと、真赤《まっか》になった目を見れば、泣いたのが一目でわかりました。わかっても、茂平とおミネはなにもいいませんでした。

◇

三吉がいなくなって、三月《みつき》ほどたった冬の寒い夜、鍛冶屋《かじや》の茂平の家の戸を、トントンたたくものがありました。

おそくまで針《はり》仕事をしていた、娘のウメは、いそいで父親を起こしました。

「なんじゃ、なんじゃ」

なんとなく怒りっぽくなっていた茂平は、立っていくと、いきなり戸をガラリと開けました。

外は、真白《まっしろ》な雪でした。その雪の中に、黒い生物《いきもの》が、たおれていました。

「こりゃ、どういうわけじゃ。犬かな、いや、犬ではない。きつねじゃ。大きなきつねが

死んでいるわい」

雪明りにすかして、茂平は大きな声をあげました。そのうしろから、ウメもおかみさんのおミネも、おそるおそるのぞきこみました。

「縁起《えんぎ》でもない。どこのだれが、こんなもの、ほうりだしていったんだろ。ほんとにわるいいたずらだよ」

おミネがいいました。

するとそのとき、たおれているきつねが、悲しそうに一声、ケーンと鳴いたのです。

「あれ、おとう、このきつね、まだ生きているじゃないの」

ウメは、思わず雪の中にとびだしました。

「およしよ、おウメ。きつねなんぞにかまうと、あとのたたりがおそろしいよ」

おミネはあわててとめました。

「だって、おかあ、たたりがあるなら、なおさらほうっておけないよ。このきつね、ほら、けがしている。鉄砲《てっぽう》で撃《う》たれたんだねえ、きっと」

茂平は、だまってきつねを抱きあげると、家の中にいれました。そして、ウメにいいつけました。

「おウメ、手当をしてやれ。助からんかもしれんが」

そういって、さっさと奥《おく》にはいると、ねてしまいました。おかみさんは、気持わるがって、遠くから見ているだけでしたが、ウメは、傷口《きずぐち》をあらって、薬をぬり、包帯《ほうたい》までまいてやりました。

大きなきつねは、そのあいだじゅう、おとなしくされるままになっていました。

七日のあいだ、きつねは、鍛冶屋の裏庭《うらにわ》で、ぴくりともせずにねていました。水をほんのすこし飲むだけで、食べものには口をつけませんでした。

八日めの夕方、ようやく、よろよろと立ちあがりました。そして、餌《えさ》をすこしたべました。

「おとう、おかあ、きつねが立ったよう」

そのようすを見たウメは、うれしくてうれしくて、思わず大きな声で呼びました。

「ほう、ほう」

おミネはもちろんのこと、茂平までが、めずらしくにこにこして、見にきました。

「うん、どうやら持ちこたえたようだな。よし、おウメ、もう、包帯をとってやれ。薬ももういらん。きつねは、自分の舌《した》で、傷口をなめてなおすだろう」

そんなことまで、教えてくれたのでした。けれども、きつねは、その夜のうちに、どこかへいってしまいました。ちょうど三吉が消えてしまったように、きつねがいなくなるところは、だれも見ませんでした。

◇

きつねがいなくなってから、半月ほどたった日の昼すぎです。ぽかぽかと暖い日でした。

「ごめんください」

だれかが、裏口《うらぐち》から、そっとたずねてきました。男の人の声でした。

その声を家の中できいて、ウメははっとしました。忘れたくても、忘れられない声だったのです。

ウメは、奥《おく》から走りでました。やっぱりそうでした。裏口で、のっぽのからだを小さくかがめておじぎをしたのは、旅姿の三吉でした。

「あ、あ、あ、あ」

ウメは、ことばがでなくて、立ちすくみました。おかみさんのおミネも、とびだしてきて、口をぽかんと開けました。

「まあ、三吉、いったいおまえは……」

仕事場にいた茂平親方は、のっそりと立ってきました。そして、あわてて片ひざをついた三吉の頭を、いきなりぽかりとなぐりつけました。

「この野郎、なんだって裏口なんかから、へえってきやがる。表から堂々とやってこい。

やりなおしだっ」

　そうどなったのです。

「まあまあ、おとう、そう怒りなさんな。きっと三吉にもわけがあるだろうに……」

　おミネは、あわててとめました。茂平親方は、むすっとした顔で、また、仕事場へもどっていってしまいました。

　三吉は、茂平親方にいわれたとおり、ぐるっと廻《まわ》って、表からはいりなおしました。そして、親方のまえで、土間《どま》にぴったりと手をついて挨拶《あいさつ》しました。

「親方、このたびは、勝手なことをしまして、もうしわけありません。もう一度まえどおり、弟子《でし》にしてください。実をいいますと……」

　三吉が、わけを話しはじめようとすると、茂平親方は、手をあげてとめました。

「わけなんぞ、聞かなくていい」

　そして、腕組《うでぐみ》をして、しばらくだまったまま、三吉をにらんでいました。うしろのほうで、おミネとウメは、はらはらして聞いていました。

　やがて、ぼそりと茂平がいいました。

「もう、おまえを弟子にはしない」

「そんな、おとうっ」

ウメとおミネが、いっしょに叫《さけ》びました。けれども、茂平はかまわずに続けました。

「おまえは、弟子にはしない。そのかわり、おれの息子にする。ウメの婿《むこ》になれ。そして、おれのあとを継げ。どうだ」

三吉は、深く頭を下げたまま、なにもいいませんでした。口ではなにも答えませんでしたが、承知したのは、よくわかりました。

ウメは、はじかれたように、飛びあがって家の中にかけこみました。はずかしくて、そこにはいられなかったのです。

おミネは、長いこと泣き笑いをしていて、また、茂平にしかられてしまいました。


あとで、三吉は、ウメにくわしいことを話しました。

「おれは、否含山《いなふくみやま》のきつねたちにとりつかれてな、ちょっとのあいだ、きつねにされていたのだ。子どものころ、この村へくるつもりで否含山を越えたとき、道に迷《まよ》って、きつねたちの世話になった。そのときは、きつねだとは知らなかったんだが」

三吉は、そんな不思議なことをいいました。

「なにしろ、そのときのきつねは、みんな、人に化《ば》けていたからね。そして、おれも仲間にならないか、とさそうのだ。ひとりぼっちで、さびしかったおれは、つい、その気になって、うん、と返事をしてしまった。そのあとで、相手がきつねだとわかったから、そっとこの村まで逃げてきたんだ。ところが――」

　そこで三吉はため息をつきました。

「五年もたってから、きつねは、坊《ぼう》さんに化けておれをさがしにきた。きつねのやつ、おれをどうしても仲間にしたかったらしい。おれは、なんとかしてかんべんしてもらおうとした。だが、聞きいれられずに、たちまちきつねにされてしまった」

「そうすると……」

　ウメは、ふと思いついて、口をはさみました。

「あのとき、怪我《けが》をしたきつねは……」

　三吉は、うれしそうに、はっはっは、と笑いました。

「そうだ。あれがおれだった。鉄砲《てっぽう》で撃《う》たれて、もう死ぬかもしれないと思ったとき、どうしてもおウメに会いたくなった。だからやってきたのさ。そうしたら、おウメのおかげで傷《きず》もなおり、ついでに、きつねから人間にもどることができた。どういうわけか、きつねはおれを許してくれたんだ」

　そして、鉄砲傷のあとを見せました。

　その話をウメがおミネに話し、おミネが茂平に話しました。すると、茂平は、にやりとしていいました。

「なるほど、三吉はりこうものじゃ。ウメを安心させるためにそういったか」

そして、きげんよく、おミネにいいました。

「三吉は、もともときつねなのかもしれんぞ。否含山のきつねの仲間かもわからんぞ」

おミネがびっくりすると、茂平は笑いました。

「心配はいらん。もとはきつねだとしても、いまはりっぱな人間じゃ。それはわしにわかっている。たぶんあいつは、人の仲間にはいりたくて、ずいぶんと苦労したにちげえねえ」

茂平は、首をひねりひねり続けました。

「いつか、おまえに話したという身の上も、みんなうそ、それを調べにいった人も、きつねにだまされたんだろうな。ところが村を通りかかった坊さんは、きつねどころか、よっぽど偉《えら》いお人にちがいない。三吉がきつねだというのを、一目《ひとめ》で見やぶったんだからな。そして、三吉をもとのきつねにもどしてしまった。三吉のやつ、それまでは、まだ、ずっと人間として暮らしていくだけの、覚悟《かくご》が決まっていなかったんだろう」

一度きつねにもどった三吉は、ずいぶん苦しんだことだろうと、茂平はいいました。

「それが、けがをして、ウメに会いにきたことから、しっかりした覚悟ができたといってよい。もう安心じゃ……」

そんなふうに、茂平は続けました。聞いていたおミネは、ぶるっとふるえて茂平の顔を見つめました。すると茂平は、あっはっはっはあ、と、さもうれしそうに大声で笑ったのです。

おミネは、からかわれたと思い、腹《はら》を立てましたが、それといっしょに、心から安心もしたのでした。

◇

どこからどうして話が伝わったのかわかりませんが、いつか村の人たちも、三吉のことを〃きつね三吉〃とよぶようになりました。といっても、ばかにしたのではなく、その反対でした。

三吉は、どことなく落ちつきがあって、いつもたよりになる男だったからです。それで、こんな新しい祭り唄《うた》ができました。

〽きつね三吉　きつねか人か
人かきつねか　目が光る

むかしのきつねのなかには、人間に化《ば》けたまま、りっぱな一生を送るものがあったそうです。人間のお嫁さんをもらい、子どもを育て、人間よりもまともに暮らしたきつねが、ときどきいたそうです。

たとえば、この話にでてきた茂平親方のように。

宇宙からきたみつばち

わたしたちの地球も、遠い宇宙から見ると、ちっぽけな星です。でも、こんなにすてきで不思議な星は、ひろい宇宙でも、めったに見つからないでしょう。

◇

遠い遠い空の奥《おく》から、宇宙船が飛んできました。

この宇宙船を見ていると、なにか思いだしませんか。

そうです。鉛筆《えんぴつ》です。鉛筆によく似た細長い宇宙船です。

どこからきて、どこへいくのでしょう。

おや、ロケットのむこうの暗い宇宙に、青い大きな星が見えてきました。ぐんぐん大きくなって、きらきらと美しく輝《かがや》きはじめました。

すてきな星！

お月さまのようにまんまるな青い星！

◇

宇宙船の中には……あれあれ、人間とは、ちょっとちがう人たちがいます。どこか知らない星の宇宙人ですね、きっと。背中に、まるい羽のついた宇宙服を着ています。見たところ、虫にそっくりです。

窓の近くに、いばった人がいます。それがたぶん船長でしょう。ときどき、うしろをふりかえって、なにか命令しています。

空には、青い大きな星が、ますます明るく輝きました。どこかで見たことがあるような星です。

あっ、これは地球です！

さあ、たいへん、宇宙人が地球にむかっているのです！　地球の人たちは知っているのでしょうか。心配ですねえ。

◇

宇宙船の船長は、もう一人の乗組員にむかって、窓の外の地球を指さしています。話を聞いているほうの宇宙人は、ほかのものとはちがう宇宙服を着ています。そう、みつばちとそっくりな宇宙服です。

船長は、なにか身ぶりをしながら説明しています。どうやら、こんなことをいっている

ようです。

「おまえは、一人であの星へいくのだよ」

やがて、細長い宇宙船から、ぽいっと小さなすきとおった宇宙ボートが飛びだしました。大きな地球にむかって、ゆっくりまわりながら、だんだん速く飛んでいきました。ますます心配です。

宇宙ボートの中ではさっきのみつばちみたいな服を着た宇宙人が、たった一人乗っています。

運転台の前には、テレビがあって、そこには地球がくっきりと映っています。

おや、そのテレビに映っている地球には、ときどき、ぴかっぴかっと光るところがあります。その光を見ながら、宇宙ボートを動かしているようです。もしかすると、地球にだれか仲間がいて、合図を送っているのかもしれません。

地球が、ぐんぐん近くなりました。雲のあいだから海が見えます。海の中に大きな島が見えます。あっ、あれはたしか日本です。

宇宙ボートは、ぐいっと日本にむかいました。

日本の空は、よく晴れています。下のほうが、紫色《むらさきいろ》に見えています。

宇宙ボートのテレビにも、日本が映っています。そして、ぴかっぴかっと光っているのは日本です。日本のどこかから、この宇宙ボートに合図を送っているのです。そうすると、宇宙人の仲間たちは、もう日本にきているのでしょうか。

◇

宇宙ボートは、ぐうんとおりてきました。

おやあ？　知らない町の上です。ごまつぶみたいに見えるのが自動車です。遠くに列車も走っています。

宇宙ボートは、どこへいくつもりでしょう。日本の人たちが心配です。だって宇宙人がきているのに、だれも気がついていないようですから……。もしも、悪い宇宙人だったら、なにをされるかわかりません。

町は、すっかり近づいて、歩いている人たちや、公園で遊んでいる人たちも見えます。すきとおって、はっきり見えない宇宙ボートの下を、すごく大きな黒い鳥が飛んでいきました。

宇宙船は大きな鳥よりも、ずっとスピードが速いので、遠くをよけて通りました。

でも、おかしいですねえ。こんな大きなお化《ば》けみたいな鳥が日本にいるのかしら。そういえば、からすによく似ています。これでは、まるでお化けからすです。

また、大きな鳥が飛んできました。宇宙ボートは、よけるひまがなくて、お化けからすのしっぽに、ちょっとさわりました。黒い羽が、ぱっと、二、三枚空に散りました。

あれっ？　これはどうしたって、からすです。でも、からすがこんなに大きいはずはありません。とすれば、からすが大きいのではなくて、宇宙ボートが小さいのです。ずいぶん小さい宇宙ボートですねえ。

そうすると……。こんな小さい、宇宙ボートに乗っている宇宙人も、ずいぶん小さいことになりますよ。

◇

おもちゃのような宇宙ボートは、町の上をぐるぐるまわりながら、しずかに公園におりていきました。

ほら、公園のまん中には、大きな木があります。その木の上で、なにか、きらきら光るものがあります。大きな木のてっぺんに、ゆっくりと宇宙ボートが着きました。枝《えだ》のあいだに板をわたして、ひろいところがつくってあるのです。外からは葉っぱにかくれて、なにも見えないでしょう。

もともと小さくて、すきとおった宇宙ボートですから、だれも気がつきません。そこには、もう一人の宇宙人が、ちゃんと待っていました。おなじような、みつばちの服を着ています。ぴかぴか合図を送っていた仲間にちがいありません。

二人の宇宙人は、背中の羽を使って、ブーンと飛びおりてきました。なるほど、こうして見ると、ますますみつばちにそっくりです。そのために、わざわざ、みつばちみたいな服を着ているのでしょう。

ふとい枝のかげに、小さな穴《あな》があいています。そこに、こんな看板《かんばん》がさがっていました。

地球研究所

もちろん、ちゃんとした日本の字です。

その看板を指さして、一人がもう一人に説明しています。ははあ！　ようやく、わかりかけてきました。きっと、このみつばちによく似た宇宙人は、地球を調べにきているのです。

ほら、日本の人たちも、遠い南極《なんきょく》の氷の中に研究所をつくって、いろいろなことを調べているでしょう。それとおなじようなことを、この宇宙人たちもしているのです。そしていまでは、日本の言葉もすこしはわかるようになったのでしょう。だから、日本の言葉で看板をつけたりしたのです。

木の穴にはいると、目の前にエレベーターがすうっと止まって、戸があきました。二人が乗ると、エレベーターは、すうっとさがって、ひろい部屋《へや》に着きました。おなじような仲間が、わっとうれしそうに、さわぎたてました。そのうちの一人は、おや、かばんを持っています。

◇

これで、すっかりわかりました。一人が新しくきて、代わりに一人が自分たちの星へもどるのでしょう。

帰るものは、もうすっかり仕度《したく》ができていて、荷物をちゃんとかばんにつめてあるようです。

こんどは、みんなで、ぞろぞろとエレベーターに乗って、穴から宇宙ボートの置いてあるところまで、やってきました。遠い宇宙船にもどる仲間を見送るようです。

宇宙ボートは、やがてすいっと空に飛びたって、まっすぐ見えなくなっていきました。

この宇宙人たちは、悪者ではないようですね。これなら一安心です。

◇

もしかして、まるい羽をつけたみつばちを見つけても、そっとしておいてやってください。だって、そのみつばちは宇宙人かもしれませんから。

鬼の話

むかし、山おくには鬼《おに》が住んでいて、ときどき人里におりてきては、子どもをさらっていったそうです。でも、今はもう、鬼なんかいません。だれだってそういいます。

1

「むかしの人ったら、ばかみたいだ」

がけ下の細い道を歩きながら、太一《たいち》がいいました。ならんで歩いていた友だちの松太郎《まつたろう》と、鬼の話をしていたのです。

「もともと、鬼なんかいるわけないよなあ」

「ああ」

松太郎はうなずきました。うなずきながら、ふいに立ちどまると、上のほうを見あげました。太一もつられて空をふりあおぎました。夕暮れが近いというのに、空はまだ青く輝《かがや》いています。そんな空を見ると、もうじき夏がやってくるなあと思います。

「なに見たんだい」

不思議そうに、太一は、松太郎の顔をのぞきこみました。

「いや」

松太郎は、またすぐ歩きだしました。そして、ふりかえって首をかしげました。

「へんだなあ、地震《じしん》かな」

「地震?」

「うん。だって、そこの電信柱が、ぐらぐらっとゆれたみたいだったんだ」

「へーえ、おれは気がつかなかったよ」

太一も、あらためてふりかえりました。道ばたに黒い電信柱が立っています。なんでもない、ただのきたない木の電信柱です。

「ゆれてなんかいないな」

太一は、つまらなそうにいいました。

「おまえの目がどうかしてたんだ」

「そうだな」

松太郎はぼんやりいいました。

「だからさ」

太一は、また話の続きにもどります。

「おまえも、鬼なんかいないと思うだろう」

「ああ」

松太郎は、あまり気ののらない返事をして、もう一度、電信柱をふりかえりました。そして、太一の肩《かた》をつつきました。

「でも、おれ、今おもしろいことを考えたよ」

「どんなことさ」

松太郎は、ちょっとしゃべりかけましたが、すぐにやめました。

「やーめた。笑われそうだから」

「なんだい、けちんぼ」

太一は松太郎をつかまえようとしました。松太郎は笑いながら逃《に》げました。

ふたりは、わいわいさわぎながら、裏町《うらまち》のせまい裏通りをかけ抜《ぬ》けて、たちまち、見えなくなりました。

2

ふたりがいなくなると、どこからか、ひくい声が聞こえてきました。

「やれやれ、びっくりさせやがった」

ボコボコと、水中であぶくが立てる音によく似た声です。

「あの子が、いきなり鬼《おに》の話なんかするからだ」

そのおかしな声は、先ほどの電信柱から聞こえてきました。だれか電信柱のかげにかくれているのでしょうか。

「ふっふっふっ」

電信柱からは、またおかしな声がします。だれかが笑っているのです。まるで電信柱が笑ったようでした。

「もうすこしで、あの子たちに見つかるところだった。ふっふっふっ」

笑っているのは、たしかに電信柱です。笑うたびに、柱がこまかくゆれました。

「いや、笑いごとじゃない。おれがこんな姿でかくれていることがばれたら、たいへんなことになる」

そういうと、もう声は聞こえなくなりました。

「へんな話だな」

太一は、そこまで松太郎の話を聞いて、歩きながらにやにやしました。松太郎をつかまえた太一が、松太郎の〝考えたこと〟を、むりやりしゃべらせたところでした。

「こら、笑うな。笑ったら罰金《ばっきん》だぞ」

松太郎は、口をとがらせました。

「笑っちゃいないさ」

太一も口をとがらせました。

「でもおまえって、ずいぶんへんなことを考えつくな。へんだけど、けっこうおもしろいよ。それで続きはどうなんだい。その電信柱が、ほんとは鬼だったのかい」

「うん、まあね」

「その鬼は、なんだって電信柱なんかに化《ば》けているんだい」

「それは……つまりだね」

松太郎は、考え考え、話を続けました。

「むかしの鬼はみんな死んじまったけど、そいつだけは生き残ったんだ。なぜかというと、電気をぬすんでいたからだ」

「電気?」

「そうだよ。電気だ」

松太郎は、太一を話にひきずりこんだのが、うれしくてたまらないようでした。

「あの鬼だって、もう死にかけて、ふらふらになって空を飛んできたんだ。そして、とうとうあの道の上まできたとき、力がつきて落ちてきたんだ」

「ふうん」

「そうしたら、電線にひっかかったのさ。それで、電気にさわって、とても気持よくなった。鬼は電気が好きなんだ」

「へんな話だ」

太一は、またそういいましたが、もうにやにやしてはいませんでした。

「それで、どうしたんだい」

「鬼も、きっとそのときまで、電気のことなんか知らなかったんだろう。だから、びっくりして、いろいろ考えたんだ。こんな気持のいい電気のそばに、いつまでもいられるようにってさ」

「運のいい鬼だな。電線にひっかかるなんて」

「ほんとだ」

じぶんで作った話なのに松太郎も、思わず感心してしまいました。

「それで、あいつは電信柱に化けたというわけだな」

「そう。りこうな鬼だったんだ」

すると、太一は首をふりました。

「だけど、電気さえあれば、鬼は生きていけるのかな」

「さあ」

松太郎も、そこのところはよくわかりません。

「きっと、夜中になると歩きまわって、たべものをさがすんだろ」

太一は、急に立ちどまりました。

「おい、もう一度あの電信柱のところへいってみようよ」

「ばかだな」

こんどは松太郎がびっくりしました。

「作り話だよ。おれが今、かってに作った話だぜ」

「そんなこと、わかってらあ」

太一は、いばって答えましたが、太一らしくもなく、てれくさそうでした。

「おれはただ、あの電信柱に登ってみたくなったんだ」

「ふうん」

松太郎も、そういわれると、急にいってみたくなりました。

3

ふたりは、あのきたない古《ふる》ぼけた電信柱の下にかけもどりました。それから、つくづくと眺《なが》めてみましたが、別にどこといって、かわったところもありません。

「どう見たって、鬼《おに》が化《ば》けたとは思えないや」

松太郎は、自分が考えたことなのに、おかしそうにいいました。

「ほんとだなあ」

太一も同じ気持のようでした。ふたりは、ほこりによごれた電信柱に近よって、ペタペタたたいたり、なでたりしました。

だんだんうす暗くなってきた道は、ほとんど人通りもありません。

「おまえ、登るか?」

松太郎が太一に聞きました。

電信柱には、電気工事をする人が登りやすいように、金具が打ちつけてあります。でも、いちばん下の金具は、下から二メートルほどのところにあります。太一も松太郎も手がとどきません。

「おまえ、登れよ」

太一が松太郎にいいました。

「なんだい、おまえが登りたいっていったから、もどってきたんじゃないか」

「うん。でもさ、電信柱なんか、登っちゃいけないんだろ」

「そうだな」

松太郎はつぶやいて、上のほうまでずっと見あげました。

（あの金具につかまって、それからあの金具につかまって……）

考えているうちに、とてもおもしろそうに思われました。

「てっぺんまでいかなければ、平気だな。よし、おれが登ってみる。おまえ、ふみ台になれ」

松太郎は、太一の背中にのって、やっといちばん下の金具につかまりました。そこから足をばたばたさせて、上の金具に手を伸《の》ばしました。あとはらくちんでした。すいすいと、松太郎はまるではしごをのぼるように、古い電信柱にのぼっていきました。電信柱がぶるぶるっとゆれました。

「おい」

下から太一がよびました。

「なにか見えるかい」

「なんにも。屋根ばっかりだ」

松太郎は、電信柱の中ほどに、しっかりしがみつきました。

下を見ると、やっぱりおそろしくて、そこからはもうあがれません。

「おい、もうおりろよ」

太一がまた、下からよびました。松太郎は、ゆっくりおりはじめました。一回止まって、それからこんどは、飛びおりるようにして、太一の横に立ちました。

「どうだった?」

太一が聞くと、松太郎はにこにこ笑いました。

「おれ、上でしがみついていたら、へんな声が聞こえたよ」

「うそつけ」

「ほんとだよ。この電信柱の鬼は、とても親切だよ。あぶないから、ゆっくりおりろって、おれにいったんだよ」

「ばかいえ」

これは、太一も信じません。松太郎のからだを、パタパタとはたいてやりながら、いいました。

「さあ、早く帰ろうぜ。暗くなっちまう」

「そうだ。道草食ってると、またねえちゃんにしかられるな」

ふたりは元気よくかけだしていきました。


人通りのすくない、裏町《うらまち》の裏通りをかけながら、松太郎の頭の中に、ふとこんな言葉がひびきました。

「やれやれ、おれのことを鬼だっていい当てやがる。もうちょっとで、あの男の子をふりとばすところだった」

もしほんとうに電信柱が鬼だったら、今ごろは、そんなことをつぶやいているはずです。

松太郎はそう思ったのでした。

「くすぐったいったらありゃしねえ」

鬼は、そういって、電信柱に化けているからだを、ぶるんとふるわせたかもしれません。

「おれも、あまり長いことここにいすぎた。そろそろどこかへ移るとしよう」

電信柱の鬼は、そんな決心をしたのではないでしょうか。

その夜、松太郎と太一は、それぞれの家で、同じテレビの漫画《まんが》を見ていました。はじまってしばらくしたら、ぱっと電気が消えました。

町中がまっ暗になったのです。大きな停電《ていでん》でした。

あの、古いきたない電信柱がたおれたために起きた停電だったのです。

太一も松太郎も、そんなこととは知りませんから、ぶうぶう文句《もんく》をいって、ねてしまいました。

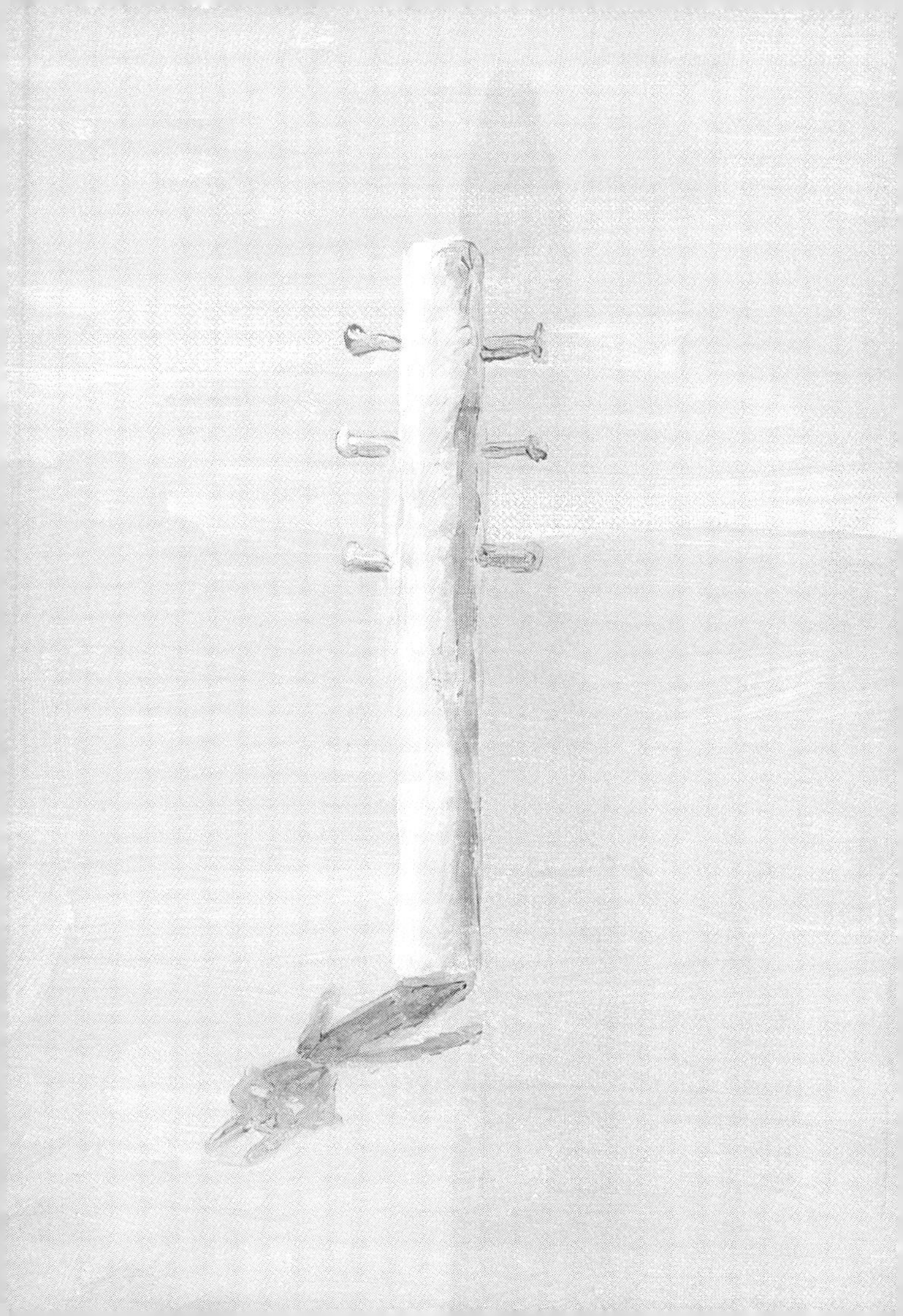

夢二つ

松太郎《まつたろう》が、縁《えん》がわで水中翼船《すいちゅうよくせん》のプラモデルを組み立てていると、だれかがのぞきこんだ。

「なに作ってるの」

子どもの声といっしょに、手もとへ人の頭の影《かげ》がさしこんだ。松太郎は、ぐいっとからだごとうしろへさがった。いちばんめんどうなスイッチを組みつけていたところだった。

「ねえ、なに作ってるの」

「見りゃわかるだろ」

松太郎は顔もあげなかった。まるっきり上《うわ》の空のまま、口の中で、ちくしょう、とつぶやいた。

小さなばねを押《お》さえながら、こまかい二つの部品を当てがって、接着剤で船体にとりつける。ばねをおさえれば部品がこぼれるし、部品をささえているとばねがはねる。さっきから、もう何回も失敗しているのだ。そのたびに、ばねや小さな部品を飛ばして、あちこちさがしまわる。もういいかげん頭にきていた。

それが、やっとうまくいきそうなところだったから、のぞきこんだ子なんか、ろくに見もしない。

「ねえ、船作ってるの」

「うるせえな。見りゃわかるだろ」

そういって口をとがらし、それでも、ちらっと相手を見た。知らない女の子だった。だがそのとたんに、また部品の一つが落ちた。

「おっと」

松太郎は、舌打《したう》ちをして部品をひろいあげ、ちょっと日にすかすように持って、にらみつけた。接着剤が指にくっついて糸をひいている。と、のぞきこんでいた女の子が、松太郎の手もとを見て、ふとこんなことをいった。

「負けちゃいけないのよ。ばねを接着剤でここにくっつけておいてね、あとからそっちへはめれば、らくにできるんじゃないの」

松太郎は聞いていないみたいだったが、やはり耳にはいっていたのだろう。しばらくしてうなずいた。

「それは名案だな。うん、やってみよう」

そして、また仕事にもどりながらたずねた。

「きみ、だれだい」

「山川《やまかわ》ますみ」

「ふうん」

松太郎は、あいかわらずうつむいたままだ。

「そんな名前、きいたこともねえや」

「ふふふ」

女の子は、笑ってちょっとうしろへさがった。それから、とても奇妙《きみよう》なことをいった。

「夢《ゆめ》の中だから、しかたないわね」

「へえー」

松太郎は、調子よく返事をした。

「夢の中とはおどろいたなあ」

「そうなの。あたし、今ねてるのよ。ねむって夢を見ているの。ここはあたしの夢の中なのよ。でも、プラモデルを作ってる男の子に会った夢なんて、はじめてだわ。もうすこしで、見のがすところだった」

「とにかく――」

松太郎は、自分がなにをしゃべっているかさえ、気づいていない。まして、女の子が、なにをいったかなんて、気にもとめていない。

「夢なんてくだらないよ」

女の子はかすかに笑うと、すこしずつあともどりをはじめた。

松太郎の家には、庭らしい庭がなかった。松太郎のいる縁がわの前に、ほんのすこし空《あき》地《ち》があって、その先に、コンクリートブロックの高いへいがある。女の子は、そのへいぎわまでさがって、やつでの木の陰《かげ》にかくれた。かくれたように見えたのだが、それっきりでてこなかった。

残念なことに、松太郎はそのときも見ていなかった。

なにしろ松太郎は、苦心のかいがあって、ようやくうまいぐあいにスイッチができあがり、ほっとしたところだった。見たこともない女の子のことなど、はじめっから頭にない。その子がどこへ消えようと平気だ。口笛《くちぶえ》をふきふき、モーターをとりつけ、かわいい水中翼船をしあげた。

もちろん、女の子は、二度とやつでの陰からでてこなかったし、松太郎も、その女の子のことを、しばらく思いだしもしなかった。

◇

そのときに作った水中翼船《すいちゅうよくせん》は、まったくよくできた。公園の大きな池に持っていって走らせてみたのだが、速力がつきはじめると、ぐっと船体を持ちあげ、水の上を滑《すべ》るように進んだ。見物にきていた友だちが、みんなうらやましがった。

仲のよい太一《たいち》は、松太郎といっしょに同じキットを買って、同じ水中翼船を組み立てたのだが、松太郎のほど、きれいに船体が持ちあがらなかった。

「松ちゃんのは、モーターが大きいんじゃないか」

太一は、そんなことをいった。松太郎も内心不思議に思って、モーターをとりだし、太一のものとくらべてみた。だが、まったく同じものだった。ついでに、モーターをとりかえて走らせてもみたが、やはり松太郎の船だけが、ぐっと船体を持ちあげて水の上を滑った。

「どうだい、これでおれの腕《うで》がいいからだっていうのが、わかったろう」

松太郎はいばっていった。こうなると、太一もほかの友だちも、松太郎の腕をみとめないわけにはいかなかった。

そのころ、松太郎は夢《ゆめ》を見た。それが、どこかの大きな病院へ、だれかをお見舞《みま》いにいく夢だった。

クリーム色の建物の中を、静かに歩いていくと、白い上《うわ》っぱりを着た男の人――たぶんお医者さん――に、いきなり声をかけられた。

「ぼうや、お見舞いにきたんだろう。お見舞いの品物、なにか持ってきたかい」

松太郎は赤くなった。そんなこと考えていなかったからだ。ところが、ふと自分の手を見ると、プラモデルの水中翼船を持っていた。

「これ、持ってきたよ」

そういって男の人の目の前につきだした。すると、すうっと男の人は消えて、真白《まっしろ》なドアが見えた。松太郎は、そっとそのドアを開けた。

大きなベッドがあって、たったひとり、子どもがねていた。おかっぱ頭の女の子が、あら、といってベッドに起きあがった。そして、松太郎を見るとにっこり笑った。

「こんにちは、よくここがわかったわね」

女の子は、うれしそうだった。

夢はそれでおしまい。そのくせ、朝になってもいやにはっきりとおぼえていた。おまけに、どういうわけか、その夢のことを考えると、頭の中にうずまきが起こるような気がした。

（あの女の子、だれなんだろう。どこかで見たことがあるみたいだけど……）

たいせつなことを、どうしても思いだせないような気持と、知ってはいけないことをむりやり知らされたような気持が、うずまきのようにぐるぐるとまざりあって、いらいらした。

それでなくても、松太郎が首をひねったのは、今まで病院なんか、一度もいったことがないのに、夢の中ででかけていったことだった。でもこんなことは、テレビや本で知っているから、それが頭の中にあったのかもしれない。

(ドアをよく見りゃよかったなあ)

しまいにはそう考えた。病室には、そこにはいっている人の、名札《なふだ》がかけてあるはずだ。松太郎だってそのくらいは知っている。だから、ドアを開けるまえに、名札を見ればよかったと思った。しかし、夢の中のことだから、もうどうにもならない。

「へんな夢だなあ」

松太郎にしては、めずらしくこの夢のことを、いつまでもおぼえていた。そして、思いだすたびに、頭の中でもどかしい思いがうずをまき、いらいらした。

◇

しばらくすると、松太郎の水中翼船《すいちゅうよくせん》が故障《こしょう》した。スイッチがうまく働かなくなったためだ。松太郎は、ていねいに修理《しゅうり》した。

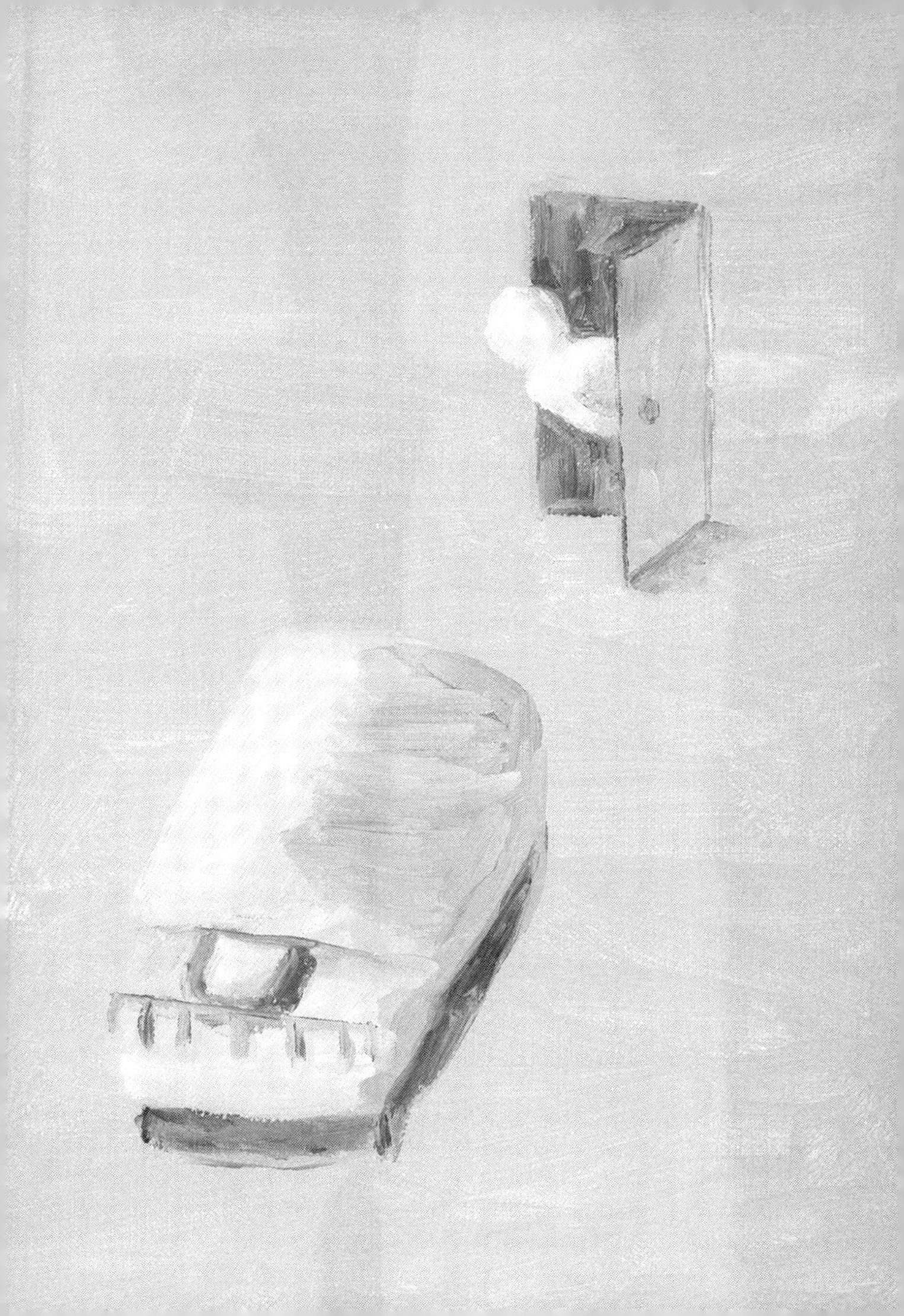

これは、簡単なようでかなりめんどうな仕事なのだ。というのは、接着剤でとりつけたプラスチックの部品は、めったなことでははずれない。いつもなら、もうあきらめておしいれにほうりこむところだが、この水中翼船にかぎって、いつも調子よく走るようにしておきたかった。

ようやくのことで部品をはずしてみると、ばねのあいだに大きなごみがつまっていた。すっかりそうじして、また組みつけた。こんどは、わけない。もう要領《ようりょう》がわかっている。はじめに組み立てたときと同じように、接着剤で部品のほうにばねをくっつけておき、そして……。

そのときになって、はじめて松太郎は、この前自分がこの船を組み立てていたとき、横からのぞきこんだ女の子がいたことを思いだした。

(あれは、見たこともない女の子だったな。なんだか、ちょっとおしゃべりして、いつのまにかどこかへいっちゃったけど……)

松太郎は、スイッチのうまい組みつけ方を、その子に教えられたことも忘れていたし、どんな話をしたか、どんな顔をしていたか、どんな服をきていたかも、全然おぼえがない。それなのに、女の子がいたときと同じ仕事をはじめたら、ふっと思いだした。きっと、からだがおぼえていたのだろう。

「あっ」

松太郎は、思わず声をあげた。水中翼船が松太郎のひざに落ちた。

夢《ゆめ》の中でお見舞いにいった相手が、その女の子だった。そう考えついたとき、松太郎の頭の中はへんにすっきりした。ちょうど、むずかしい算数の問題がとけたような気分だった。

「すると、たしかに、同じ子なんだ」

それにしても、あれはいったいだれなんだろう、と、松太郎はしばらく心当たりをさがした。

近所にはいない。近所の子で、顔もおぼえていないという子はいないはずだった。もしかしたら、このごろ引越《ひっこ》してきたばかりかもしれない。が、それにしたって、知らない家の庭へのこのこはいってきて、知らない男の子に声をかけるなんて、ふつうの女の子なら――いや男の子だって、めったにやらないことだ。

やがて松太郎は、めんどくさくなった。もともとのんき坊主《ぼうず》だから、一つのことを、そういつまでも考えつづけてはいられない。まして、夢の中で出会った女の子のことをくよくよ考えるなんて、どうかしている。こんなことを、もし、太一にでも知られたら、なんといって笑われるかわからない。

「へっ」

松太郎は、ひとりで首をすくめて、ひざから水中翼船をとりあげた――。

松太郎の夢についての話は、これで終り。だが、ここに、もう一つの夢がある。

◇

山川ますみ、という女の子が、松太郎の住んでいるところから、かなり離れた別の大きな町にいた。

ますみは、町の病院に入院していた。病気ではなく、交通事故にあって、頭を打ったのだ。救急車で病院にはこびこまれたときから、全然意識《いしき》がなく、そのまま三日間ねむりつづけた。

心配で真青《まっさお》になったおとうさんとおかあさんが、つきっきりで見まもっていたが、三日めになってようやくかすかにうめき、目をあけた。そして、おかあさん、とよんだ。

すぐにお医者さんがとんできて、あらためて、ゆっくりねむるための薬を注射した。

「これでまずひと安心ですな。このまま静かにしていれば、もうだいじょうぶです」

お医者さんも、ほっとしたようにいった。

そのとき、ますみはいろいろな夢《ゆめ》を見た。学校の夢、友だちの夢、船にのっている夢、山からころげ落ちる夢、動物園にいった夢、御飯《ごはん》を食べている夢、テレビを見ている夢……。

そして、目がさめたとき、ひどくはっきりと頭に残った夢があった。それがこんな夢だった。

どこかの家の縁《えん》がわで、男の子が一心《いっしん》にプラモデルを作っていた。ますみは近よっていってのぞきこんだ。

「なに作ってるの」

そうきいたが、男の子は、すっかり夢中になっていて、ろくに返事もしなかった。プラモデルは船のようだった。男の子はなんどもなんども、同じところを指でおさえては、顔をしかめていた。

目がさめたとき、ますみのおぼえていたのはそれくらいだったが、その男の子の家や、顔は、くっきりと目に焼きついていた。

「ねえ、おかあさん」

ますみは、ベッドのいすのわきに腰《こし》かけたまま、うとうとしていたおかあさんを、大きな声でよんだ。

「どうしたの、ますみ。気分わるいの」

おかあさんは、びっくりしてますみの顔をのぞきこんだ。

「ううん、とても気持がいい。あのね、いま、おかしな夢を見たの」

そして、おかあさんに、プラモデルを作っている男の子の夢の話をした。

「その子に、どこかで会っても、ますみにはすぐわかるわ。とってもよくおぼえているんだもの」

「そうかい、そうかい。さあ、あんまりおしゃべりしないでね」

おかあさんはそういって、ますみに毛布《もうふ》をかけ、軽くはしを押《お》さえた。

こうして、見たところ、ますみはぐんぐんよくなり、おかあさんも、つきっきりでいなくてもよくなった。そして、ますみはある夜、奇妙《きみょう》なできごとにぶつかった。

ひとりで病室にねていると、だれかがそっとドアを開けて、中にはいってきた。

「あら」

ますみは、思わず起きあがっていった。

「こんにちは。よくここがわかったわね」

男の子は、いつかますみが夢の中で出会った、プラモデルを作っていた男の子だった。ますみには、それがすぐにわかった。

「あたし、あんたがお見舞《みま》いにくればいいなあって、考えていたところなの。プラモデルの船、じょうずにできた?」

男の子は、いきなりますみにそう聞かれて、おどろいたように右手をさしだした。

「ほ、ほら、これがそうだ、おれ、お見舞いにこれ、持ってきたんだ」

男の子の手には、よくできたかわいい水中翼船《すいちゅうよくせん》があった。

「ありがと。でも、それはあんたが一生懸命《いっしょうけんめい》作ったものでしょ。無理しなくてもいいのに」

するとと、男の子は、にやっと笑った。

「うん、ほんとは、ちょっともったいないんだ。だけどさ、お見舞いにくるのに、なんにも持ってこないとわるいと思ってな」

「あら、ずいぶん正直なことをいうのねえ」

ますみは、すっかりうれしくなっていった。

「それじゃあ、それは持って帰りなさいよ。あたしがもらっても、宝の持ちぐされだもんね」

「そうだなあ」

男の子は頭をかいた。

「そうしよう。でもわるく思うなよ」

「わるくなんか思わないわ」

「よかった。じゃ、さよなら。元気でな」

男の子は、あっというまにドアから消えた。ますみには、男の子がドアを開けずにすっと消えたように見えた。でも、ちょっと首をすくめただけで、ベッドに横になった。

そのときの時間が、夜明けまえの四時すぎだ、ということに、ますみは気がついていなかった。

「あの子、いったい、どこのだれなのかしら」

そして、小さなあくびをして、またねむってしまった。

朝になったとき、ますみはそのことをもうなんにもおぼえていなかった。頭がすっきりと晴れたように明るく、自動車にはねられたときのことがはじめて思い出された。

角《かど》ン童子《ぼっこ》

友だちの家へ遊びにいった帰り、アキラはいつものように、がけ下のせまい裏通《うらどお》りをとおりました。

日は当たっていましたが、冬のつめたい風が吹《ふ》く、寒い日でした。ふかふかのジャンパーを着たアキラは、風にさからって、いくらかうつむきかげんで歩いていきました。

裏通りはせまくて、自動車もはいってこないし、そんなふうにぼんやり歩いていても、それほどあぶないことはないのです。それで、一人のときは、かならずこの道をとおるように、アキラはお母さんからいいつけられていました。

すたすたと、アキラは速足《はやあし》になりました。裏通りの先のほうは、まるでつきあたりのように見えています。真正面に、古ぼけたアパートのへいがあって、とおれないようなのですが、みちはそのへいの手前で、右へ四角くまがります。

アキラが、石垣《いしがき》にそって、さっとまがり角を回りこんだとき、知らない女の子と、もうすこしではち合わせをしそうになりました。

「おっと」

びっくりしたアキラは、あわててからだをひねりました。けれども、気がつくのがおくれたために、よけきれませんでした。

右の肩《かた》が、はげしく相手の肩にぶつかった、と思ったら、どういうわけかアキラの肩にはなにも当たりませんでした。

「あれっ」

アキラはめんくらいました。そのために、かえってよろけてしまいました。

どう考えても、肩と肩がぶつかったと思ったのに、まるでさわりもしなかったのです。

「きみ、すごいね。よっぽどじょうずによけたんだなあ」

アキラは感心していいました。見たことのない女の子でしたが、年はアキラと同じくらいです。ところが、女の子は、きょとんとした目で、アキラを見返しました。

「あたし、よけなかったわよ」

「うそだ。ちゃんとよけたじゃないか」

「でも、よけなかったわよ」

おとなしそうなくせに、なかなか強情張《ごうじょうっぱ》りだとみえて、いい返しました。

アキラは口をとがらせました。

「だって、そっちがよけなきゃぶつかっていたはずだよ」

「そうよ」

女の子は、一足うしろへさがると、不思議そうにアキラを見返しました。

「あたしの肩が、あんたの肩の中をすどおりしたわ」

そういわれてみれば、たしかにそんな感じでした。といっても、アキラのほうは、自分の肩が、女の子の肩の中をすどおりしてしまったような気がするのです。

アキラがだまって、自分の肩と相手の赤いセーターの肩を見くらべていると、女の子が思いきったようにいいました。

「あんた、おばけなの」

「えっ」

アキラは目を丸くしました。それから、すこし腹《はら》を立てました。

「ちえっ、へんなこというなよ。ぼくはおばけなんかじゃないぞ」

それから、またいそいでいいました。

「そっちこそ、おばけじゃないのかい」

「ちがうわよ」

女の子も、口をとがらせました。すると、そのとき、ふいに別の声がしたのです。

「けんかはよしな。二人ともぶつからないですんだんだからさ」

アキラと女の子は、ぎょっとして声のほうを見ました。

いつのまにきていたのか、変わった男の子がわきに立っていました。二人と同じ年ごろの子でしたが、この冬の寒空《さむぞら》に、夏の半そでシャツと半ズボンだけで、素足に運動ぐつをはいています。髪《かみ》の毛がくしゃくしゃで、風に吹かれたほのおのように逆立っていました。

そんな姿なのに、寒さなんかまるっきり感じていないような顔つきで、にこにこしているのです。

「お前は誰《だれ》だ」

「あんた、誰」

アキラと女の子が、いっしょにいいました。すると男の子は、はっきりと言葉を区切りながら、答えました。

「ぼくが、おばけ。きみたちは、おばけでない」

思わずアキラと女の子は、顔を見合わせました。

周《まわ》りはつめたい風が吹《ふ》いている、寒い裏通りです。右がわは高い石垣で、左がわはトタン板のへいが続いて、アパートの裏が見えています。アキラにとっては、いつも見なれている静かな裏通りのまがり角です。まだ明るい昼間だし、どう考えたっておばけがでてくるようなところではありません。

ビー、ビー、ビーと、ブザーの音がして、どこかのおじさんがゆっくり自転車を走らせてとおりかかりました。

「きみ、あぶないよ」

アキラは、手をのばしかけました。

そのへんな男の子が、道の真ん中に立ったまま、自転車をよけようともしなかったからです。

ところが、あきれたことに、自転車は男の子のからだを突《つ》き抜けて、すっととおりすぎました。どうやら自転車のおじさんには、その子が見えていなかったようでした。

「ほんとだわ！」

女の子が、ひどく感心したようにため息をつきながらつぶやきました。

「この子、ほんとにおばけだわ！」

アキラはだまっていました。なんにもいえなかったのです。すると、おばけの男の子は、照れくさそうに頭をかきました。

「たしかにぼくはおばけだけれど、普通《ふつう》のおばけとはちょっとちがうんだ」

「ちがうっていうと、エヘン」

アキラはいいかけましたが、声がかすれたものですから、あわててせきをしました。

「エヘン、そうすると、悪いことはしないのかい」

「もちろん、悪いことなんて、しない」

「じゃ、もしかしたら、あんた……」

女の子がよこから口をはさみました。

「おばけじゃなくて、ほんとは神さまなの?」

「いや、神さまだなんて、そんなにえらくも、ない」

「じゃ、なに」

「つまり、その」

男の子は、ますます困《こま》ったようすで、頭をごしごしかきました。

「つまり、ぼくは、このまがり角の見張りなのさ。『かどんぼっこ』、っていうんだ」

「へえ、かどんぼっこ」

「そう。この角の見張りだ」

「見張りって、なんの見張りをしているの」

「ほら、いまのきみたちみたいに、誰かと誰かが、ひどくぶつかったりしないように、

さ」

「ふーん」

きいていた女の子は、ますます感心してうなずきました。

「それであたしたち、ぶつからないですんだのね」

「そう。だけど、いまのは失敗だった。ぼくの気がつくのがちょっとおくれたものだから、きみたちはぶつかったんだか、ぶつからなかったんだか、よくわからなかったろ」

「うん、そうだ」

「こんな失敗、ひさしぶりだよ。おかげで、きみたちはけんかみたいになるしさ。しかたがないから、あわててとびだしてきたんだ。ぼくはめったに姿を見せないんだけどね」

そういうと、不思議なかどんぼっこは、はっはっは、と笑いました。笑うとえくぼがへこんで、みそっぱがのぞいて、いたずら小僧《こぞう》のようなにくめない顔になりました。

「そうか、きみは角の見張りで、かどんぼっこっていうのか」

アキラは、あらためてじろじろと相手を眺《なが》めました。すると、かどんぼっこはそわそわしながらいいました。

「じゃ、ぼくはもういくよ」

そして、くるっと向こうを向きました。

アキラと女の子は、あわてて呼びました。

「待って！」

でも、待ってはくれませんでした。かどんぼっこは、さっさとまがり角をまがっていってしまいました。

アキラはぱっととびだすと、ついさっき自分が歩いてきた道を眺めました。けれども、かどんぼっこはどこへいったのか、影《かげ》も形もありませんでした。

うしろから、女の子もおそるおそるのぞきましたが、がっかりしたようにいいました。

「ねえ、いまあったこと、ほんとのことだと思う？」

「ああ、思うよ」

ため息をつきながら、アキラは答えました。

「あたしも！」

目をきらきら輝《かがや》かせて、女の子はささやきました。

「だけど、ひとに話してきかせても、ほんとだとは思わないでしょうねえ、きっと」

うん、と、アキラはうなずきました。女の子のいうとおりだと思ったのです。

二人は、そのまましばらくぼんやり並んで立っていましたが、女の子のほうが先に、ふっと夢《ゆめ》からさめたような顔つきになりました。

「じゃ、あたしもういく。バイバイ」

そして、胸《むね》の前で小さく手をふって、角をまがっていきました。


それからあと、アキラはこのまがり角へくるたびに立ちどまって、そっと角の向こうをのぞいてみるくせがつきました。

もしかしたら、あの奇妙《きみよう》なかどんぼっこがいて、やあしばらくだったねえ、なんていうかもしれないと思っていたのです。でも、かどんぼっこはでてきませんでした。

「おい、でてこいよ」

あたりに誰《だれ》も人がいないとき、アキラは石垣《いしがき》をたたいて、そんなことをいってみたりしました。それでもかどんぼっこはでてきてくれませんでした。

こうして、寒い冬はすぎていきました。

（なんだか、かどんぼっこに会ったなんて、うそみたいだなあ）

春が近づくにつれて、さすがのアキラもそんなことを考えるようになりました。といっても、本気で考えたわけではありません。その証拠《しょうこ》に、アキラはあいかわらず裏通《うらどお》りのまがり角をとおるたびに、立ちどまってあたりを眺《なが》めましたから。

やがて、サクラのつぼみがふくらむころ、何日も雨が降《ふ》り続きました。

すっかりたいくつしたアキラは、かさをさして、長ぐつをはいて、友だちの家まで遊びにでかけました。

いつものとおり、裏通りをピチャピチャ歩いていくと、向こうにまがり角の石垣が見えてきました。

アキラは、はっと足を止めました。その角に、赤いかさをさした女の子が、じっと立っていたからです。

（あのときの女の子じゃないかな）

アキラはそう思いました。それで、こんどは大急ぎで近づいていきました。

思ったとおりでした。アキラが水をはね返しながら近づくと、女の子はかさをかたむけて、あらっ、と、ちょっぴりはずかしそうな目になりました。

「やあ、どこへいくんだい」

息をはずませながら、アキラはわざとあっさりききました。すると、女の子はびっくりしたように答えました。

「どこへって、あたし、ここへきたのよ」

「ふーん、こんな雨降りにかい」

「だって……」

女の子はにこにこしました。

「あたし、もう一度、あの、ほら、不思議な男の子に会えないかと思ってさ、きてみたの」

「あれからはじめてきたのかい」

アキラは、女の子をじろじろ眺めながらいいました。

「そうよ。あたしのうち遠いんだもん」

「ふーん」

そこでアキラは、教えてやりました。

「ぼくなんか、しょっちゅうきてみるんだけど、まだ会えない。もしかしたら、あいつはもうでてこないつもりかもしれないよ」

「そう」

こっくりとうなずいて、女の子は顔にかかった雨のしずくを手ではらいました。

「あたしもね、そうじゃないかなって思いながらきたの。だって、あんなことがちょいちょいあったらたいへんだもんね」

「そうだな。百年に一ぺんぐらいしか、でてこないのかもしれないな」

アキラとしても、うなずくよりほかはありません。

「もしそうだとすると、あたしたちはすごく運がよかったのね、きっと」

「うん」

女の子にいわれて、アキラは、ほんとにそうだと思いました。そして、ふいに、よかったなあ、という気がしてきたのです。

「ぼく、かどんぼっこには会えなかったけれど、きみに会えたからいいや」

「あたしもそう。あたしはうちが遠いけど、きてみてよかった」

そういうと、女の子はこの前と同じように、胸《むね》の前へ手をあげて、小さくふりました。

「じゃ、あたし、もう帰る。おそくなるとうちで心配するから」

「うん、ぼくも帰る」

アキラも手をふって、女の子を見送りました。赤いかさは、まがり角をまがってすぐに見えなくなりました。

回れ右をして、アキラも道をひき返しました。友だちのところへいくのはやめることにしたのです。そして、ふと、女の子の名前をきけばよかった、と思いました。

アキラは歩きながら考えました。あの女の子は、家が遠いから、なんていっていました。たぶん、この町の子ではないのでしょう。でも、それほど遠くからきたようには見えませんでした。

（まあいいや。いつかどこかで、また会うかもしれないいや）
アキラはそう考えて、元気よく雨の中を歩いていきました。

かどんぼっこに出会ったことを、アキラはながいあいだ誰《だれ》にも話しませんでした。
でも、しばらくして、自分のおばあちゃんにだけ、そっと教えました。おばあちゃんは、
あの女の子は、ひとに話してきかせても、ほんとだとは思わないでしょうねえ、なんて
「それから、それから」と、うれしそうにアキラの話をきいてくれました。そして、
いっていましたが、アキラのおばあちゃんは、ちゃんと本気にしてくれました。
こんなことをいいました。
「あそこのまがり角にはね、昔《むかし》、大きな大きなカヤの木があってね、その木のことを、
『角《かど》ン童子《ぼっこ》の木』って呼んでいたんだよ。まだ町なんかなくて、周《まわ》りは田んぼだったし、
石垣《いしがき》のほうは山だった」
おばあちゃんは、なんだかとても楽しそうでした。
「それでね、角ン童子の木には、しめなわをつけてね、みんな大事にしていたんだよ。お
だんごをそなえたり、お花をかざったりしてね」
それなのに、だんだん田んぼが埋《う》められて、家ができて、町になってくると、角ン童子

の木も切られてしまったのだそうです。

「角ン童子、っていうのは、角にすんでいる男の子、っていう意味でね。大昔からずっとあのまがり角をまもっていたのさ。でも木が切られちゃったから、とっくにいなくなったと思ったら、いまでもいたんだね。ほんとにほんとによかった」

おばあちゃんは、そういってにこにこしたのです。

アキラも、おばあちゃんの話をきいたら、うれしくなりました。それで、いつかまたあの名前も知らない女の子に会えたら、このおばあちゃんのいったことを教えてやろうと思いました。

ぼくのおばけ

世の中には、ときどき思いがけないことが起こります。それが、大きな出来事でしたらみんな気がついてびっくりしますが、小さなことだと誰《だれ》も気がつかないことがあります。

いつだったか、道に落ちていたマッチ箱《ばこ》を、けとばした人がいました。すると、そのマッチ箱はころころ転がって、道ばたの溝《みぞ》のふちに、ぴったりと立って止まりました。そんなこと、やろうと思ったってできるものではありません。

だけど、マッチ箱が溝のふちに立ったところで、別にどうっていうことはありませんから、その人も気がつかないで行っちゃいました。

ところが、タツオは違いました。タツオも、似たようなことに出合ったのですが、すぐに気がつきました。

そのときの話をしましょうか。

1

その日のタツオは、新聞にはさまっていた広告の紙を折って、先のとがった飛行機を作りました。ようやく一人で作れるようになったころのことで、紙さえ見れば飛行機ばかり作っていたのです。

タツオは、早速《さっそく》庭へでて、できたばかりの紙飛行機を、力いっぱい空に向けて飛ばしました。

飛行機は、大きく宙返りをして、それからさっとツバキの木につっこみました。そのままどこかにひっかかったのでしょう。落ちてきませんでした。

このツバキの木は、花が大きくてきれいなので、タツオのお父さんが自慢《じまん》にしているものです。といっても、たいして大きな木ではありません。タツオの家のせまい庭の中では、これでもいちばん背の高い木でしたが。

たしか、タツオが幼稚園《ようちえん》にはいった年の春のこと、タツオはお父さんにせがんで、この木のてっぺんに、小鳥の巣箱《すばこ》をとりつけてもらいました。でも、こんなところではスズメも住みにくいとみえて、これまでまだ一度もはいったことはありません。ずっとあきやのまま、小鳥の巣箱は古くなっていました。今ではここに巣箱があることさえ、タツオはめったに思いだしませんでした。

そのツバキの木のてっぺんの、忘れられた古い小鳥の巣箱の丸い入り口に、タツオの紙飛行機は、すっぽりと頭からはいっていて、白いしっぽだけが下から見えていたのです。

「へえーっ」

駆《か》けよって顔をあおむけにしたタツオは、びっくりしたり感心したりしました。

「すごいなあ。ぼく、なんだかとってもすごいことやったみたいだ」

声にだして、そうタツオはつぶやきました。

(紙飛行機を飛ばして、それも一つ宙返りさせて、そのあと、ツバキの木にとりつけてあった小鳥の巣箱の中にいれてしまうなんて……)

ふむ、と腕《うで》組《ぐ》みをして、口をへの字に結びました。

「どう考えたって、これはむずかしいよ。もしかしたら、もう二度とできないことかもしれないよ」

ぶつぶつつぶやいたタツオは、なにを思ったのか、いきなりくるんと回れ右して、庭から駆けだしていったのです。

タツオがいなくなるとすぐ、巣箱の中の紙飛行機が、ぶるぶるっとふるえました。それからじりじりと外へはみだしてきました。なんだか知りませんが、中で誰《だれ》かが押《お》しだしているみたいなのです。

少しずつ少しずつ、紙飛行機は押しだされて、やがてひらりと外へ落ちました。そこから、ひらひらとツバキの木の枝《えだ》のあいだをくぐって、下まで落ちてきました。

と、地面の上で、ふいに小さなつむじ風が起こりました。ほんとに小さくて、ほこりがいっしょにくるくる回らなければ、気がつかないようなつむじ風でした。そのつむじ風は、いま落ちたばかりの紙飛行機の上で、しばらく止まっていたのですが、紙飛行機はちょっぴりゆれただけでした。軽い紙飛行機でさえ、そいつは巻きあげられなかったわけです。

やがて、ふっとつむじ風はいなくなりました。そのかわり、明るくて人間の目には見えないでしょうが、小さなおばけが、空中にぷかんと浮《う》かんでいたのです。てのひらにも乗りそうなちびのおばけは、なんだかひどくがっかりしたような顔をしていましたよ。

2

「おばけがいるわけないよ」なんていう声が聞こえてきそうですね。だからこのごろのおばけは、つらい思いをしなくちゃならないのです。

たしかにおばけは少なくなってしまいました。というのも、世の中がうるさくていそがしすぎるからです。なにしろ、一晩中自動車が走っているし、テレビは夜おそくまでやっているし、ラジオなんか朝までおしゃべりしていますからね。

そうかといって、人のいないところではおばけもいられないのです。おばけは人に驚《おどろ》いてもらわないと、なんにもなりません。人から忘れられてながいことたつと、だんだんしぼんでいって小さくなって、しまいにはゴミみたいになってしまいます。そうなったら、もうおばけもおしまいです。一度小さくなると、二度ともとへは戻《もど》れないんですから。

すこしでも小さくなれば、それだけ人の目につきにくくなりますし、おばけはますますしぼんでいきます。あせって無理をして、やっぱり誰《だれ》も驚いてくれなければ、いっぺんにしぼんでしまいます。それでも、おばけとしては一生懸命《いっしょうけんめい》人の前にでていって、驚いてもらおうとするのです。ところが人のほうは、ちょっとやそっとでは驚かなくなりました。

もともとおばけのすることなんか、たいしたことはありません。せいぜい、棚《たな》の上の花びんをたおすとか、まっ暗なところでぼうっと光ってみせるとか、人のいない部屋《へや》で大きな音を立てるとか、まあそんなものです。

ところが、花びんをたおしても、ダンプカーが通ってゆれたんだろう、なんていいます。ぼうっと光ったくらいでは誰も気にしません。どうせ目《ま》ばたきするほどのあいだしかできないし、自動車のヘッドライトかネオンサインが映っただけさ、などといって、みんな澄《す》ましています。音を立てるなんていうのは、もうどうにもなりません。おばけがやらないでも、しょっちゅうわけのわからない音がしているのですから。

　まったく、おばけにとってはひどい世の中になったものです。

　そんなわけで、古いおばけほど、小さくしぼんでゴミみたいになっていきました。これまでに、なんでも一万二千三百四十五と$\frac{1}{2}$のおばけが、ゴミになってしまったそうです。$\frac{1}{2}$っていうおまけがつくのは、もともと$\frac{1}{2}$しかないおばけもいたので、そういうふうに数えるのです。

　だから、おばけが少なくなったのはほんとうです。でも、新しく生まれてくるおばけだっていますし、まだまだおばけは残っているのです。

　小さくしぼんではいても、どこか暗いところにじっとかくれていて、いつかなにかあったら、人に驚いてもらおうとがんばっています。小さな出来事でもよく気がついて、すなおに驚く人に出会うまで、じっと待っているのです。

　タツオの家の、せまい庭にあるツバキの木の、古い巣箱《すばこ》の中にも、そんなおばけが一つかくれていました。

　ほんの十年ほど前に生まれたおばけだったのですが、はじめのうちはむやみとあせって、たちまち小さくなってしまいました。そこで、これではいけないとおばけも考えなおしました。しばらくどこかにかくれて、じっとしていようと思ったのです。

そして、ツバキの木に、あきやの巣箱があるのを見つけると、このおばけは無理やりそこにはいりこみました。いまほどはしぼんでいなかったので、そのときはぎゅうぎゅうでした。おかげで、おばけの体が巣箱と同じ形になったほどです。

ところが、一年たち二年たつうちには、巣箱の中にもすきまができて――というのはそれだけおばけがしぼんでいったからですが――てのひらに乗るような、ちびおばけになってしまいました。

そこへつい先ほど、タツオの飛ばした紙飛行機が飛びこんできたのです。おばけがびっくりしてあたりをうかがってみると、びっくりしているのは自分だけではありませんでした。男の子がひとり、目をまん丸にして小鳥の巣箱を見つめていました。

どうやらこの子は、紙飛行機が巣箱に飛びこんだので、ひどく感心しているようです。

しめた、と、おばけは思いました。

（この子はきっと、小さなことにもよく気のつく、素直な心の持ち主にちがいない。とすれば、いまこそ待ちに待ったときだ。自分の残っている力をふりしぼって、ためしてみなくちゃ――）

おばけはそう考えたのです。

さあ、なんとかしておばけがここにいることを、男の子に知らせなくてはなりません。それもこんな昼間ですから、人の目にもはっきり見えるようにしなければだめです。

そこでおばけは、いま飛びこんできたばかりの紙飛行機を、一生懸命押《お》しだしてみせたのですけれど……。

3

さぞタツオが驚《おどろ》いただろうと、おばけがつむじ風になって外にでてみたら、なんとまあ、タツオはもうそこにいませんでした。

せっかくおばけがはりきったのに、まるで一人ずもうだったのです。おばけはがっかりした顔になったのも、無理はありません。

がっかりしただけでなく、おばけはいまの働きで、なんだかまた一回《ひとまわ》り小さくなったようでした。なにしろ力をいれましたからね。

おばけはふらふらとゆれながら、ツバキの木の巣箱《すばこ》の中にもどっていきました。と、そのとき、大声で話しあう子どもの声が聞こえました。

「いったいなんだよ。すごいことって」

どなっているのは、タツオの友だちのカオルです。

「こっちにきてみればわかるよ」

タツオのはずんだ声が、そう答えています。そして、パタパタという足音が庭へはいってきました。どうやらタツオは、わざわざカオルを呼びにいったようです。

タツオは、庭のすみで立ち止まると、身ぶりをいれながらいいました。

「ぼくがね、ここんとこで紙飛行機を飛ばしたんだ。えいっ、てさ。そうしたら、ぴゅーって大きく宙返りしてさ。それで、あっちのツバキの木の小鳥の巣箱に、すっぽりはいったんだ。な、そこにあるだろ」

「どこにさ」

カオルは、さっとツバキの木の下へいって、上を見ました。

ここに古い巣箱がとりつけてあることは、カオルも知っています。その巣箱が、ずっとからっぽのままだということも、知っています。

「どこにさ」

もう一度カオルはそういって、タツオをふり向きました。

「なんにもないぞ。巣箱はやっぱりからっぽだぞ」

「そんなことないだろ。さっきぼくが見たときは、ちゃんとはいっていたんだから」

いいながら、タツオもツバキの木の下へやってきました。そして、上を向いてぽかんと口を開けました。

「あれれ、ほんとだ」

「なんだい、タッちゃん。すごいことやったから見にこいなんていって。ぼく、おやつを食べかけでとんできたんだぞ」

「ほんとにはいっていないなあ」

カオルの文句《もんく》なんか、タツオの耳にははいっていないらしく、不思議そうに上を見ながらつぶやいています。

「ちえ、がっかりだよ」

「ぼくのほうががっかりだ」

おかしいなあ、と、タツオはいいながら、下を向いてきょろきょろしました。もちろん、紙飛行機はツバキの木のうしろに落ちていました。

「なんだ、こんなところに落ちてらあ」

大いそぎでかけよって、タツオはひろいあげました。そのまま、手に持った紙飛行機と、ツバキの木の上の小鳥の巣箱とを、かわるがわる見くらべています。

「どうして落っこったんだろう」

「風さ。風にきまってるよ」

カオルはあっさりといいました。

「こんな軽い紙飛行機だもんな。風が吹《ふ》けば飛ばされるじゃないか」

「そりゃそうかもしれないけど……」

タツオのほうは、まだあきらめきれないような顔つきで、もがもがつぶやきました。

「さっきはちゃんと巣箱にはいってたんだよ。下からは、しっぽのところしか見えなかったのに……。あんなになっていても風で落ちるなんて、へんだなあ」

「へんだなあっていったって、もう落ちちゃったんだからしようがない」

カオルはにやにやして、いきなりタツオの手から紙飛行機をとりあげました。

「よーし、タッちゃんのかわりにぼくが飛ばして、あの中にいれてやる」

勢いよくはねるように庭のすみへ駆《か》けていって、紙飛行機を飛ばしました。

「えーい」

たしかに紙飛行機は、大きく宙返りをしました。そこまではさっきと同じでしたが、そのあと紙飛行機は、タツオの家の壁《かべ》にぶつかって落ちました。

「しっぱい！」

カオルは大きな声をだしました。そして、すぐに紙飛行機をひろうと、こんどはもうすこしツバキの木に近よって、まっすぐ飛ばしました。紙飛行機は、ツバキの木の茂《しげ》みにつっこんで、そこからはらはらと下へ落ちました。

「またしっぱい！」

その次は、ツバキの木の真下から、頭の上に見えている小鳥の巣箱に向けて、そっと飛ばしました。でも、やっぱりだめでした。

4

「こりゃ、むずかしいや」

カオルがあきらめたような声をあげると、それまでだまって眺《なが》めていたタツオも、うなずきながらいいました。

「こんなことってね、百万べんに一回ぐらいしかできないと思うよ」

「うん」

そうだな、と、カオルもうなずきました。

「だからぼくは、この紙飛行機をそのままにしておこうと思ったのに」

タツオは残念そうにいってから、よし、と、かけ声をかけました。

「ぼく、木に登って、もとにもどしてくる。巣箱《すばこ》の中にいれてくるよ。カオちゃん、下からその飛行機をわたしてくれるかい」

「ああ、いいよ」

カオルは気軽に引き受けました。

タツオは、さっとツバキの木にとりついて登りはじめました。この木には、前になんども登ったことがありますが、てっぺん近くの巣箱のあるところまで登ったことは、まだありません。足場が悪くて、タツオには手がとどかないからです。

さて、こんな二人のやりとりを、巣箱の中のちびおばけも、もちろん聞いていました。そして、もう一度、しめた、と思いました。

もしかしたら、この男の子——タツオが、自分に気づいてくれるかもしれないではありませんか。

さっきは、あれほどがっかりしていたおばけだったのに、また元気がでました。そして、暗い巣箱の中で、きちんと座《すわ》りなおしました。

巣箱の丸い戸口に、タツオの顔がのぞいたら、今度こそ、残っている力をありったけ使って、光ってやろうと待ちかまえたのです。うす暗い巣箱の中とはいえ、なにしろ真っ昼間のことです。人の目に見えるほど光るのは、大変な仕事でした。

そんなことをして、もしタツオが気づかなかったら、このちびおばけは、いっぺんにしぼんでしまうでしょう。その日の夕方ごろには、もうゴミになってしまうかもわかりません。

それでもいいと、おばけは覚悟《かくご》をきめたのです。だから、ぐっと胸《むね》をはって腕組《うでぐ》みをして——おばけだって腕組みぐらいはします——タツオを待っていました。

タツオのほうは、すいすいとツバキの木に登りました。二番目の太い枝《えだ》に登ったところで、カオルがさしあげる紙飛行機を受けとって、もう一段上の枝に登りました。まだとどきません。

そこで、もう一つ上の、細い枝に登りました。そこからなら、やっと巣箱の口に手がとどきます。

タツオは、頭の上に手をのばして、巣箱の丸い口に、そっと紙飛行機をいれようとしました。タツオの顔は、もちろん巣箱よりもずっと下のほうにありましたから、巣箱の中をのぞいたりはしませんでした。

でも、そのときタツオは、ふとのばした手をひっこめたのです。巣箱の中で、パチンと手をたたくような音が、かすかに聞こえたからです。これは、タツオでなければ、たぶん気がつかなかったでしょう。

おばけが考えたとおり、タツオはそういうこまかいところによく気のつく子で、そのうえ、不思議なことや珍《めずら》しいことに出合うと、夢中《むちゅう》になるたちだったのです。

そこでタツオは、頭の上の枝につかまり、片足だけ別の枝の分かれ目にいれて、ぐいっと体を持ちあげました。危なっかしい姿でしたが、そうすれば、なんとか巣箱の中が見えます。すると、ぼうっと青く光るものがありました。

タツオの手から、まず紙飛行機が落ちました。

「なにしてんだい」

下でカオルが声をかけましたが、タツオはかまわずにしばらくそのまま巣箱をのぞいていて、それからゆっくりおりてきました。

「どうしたんだい」

カオルは、不思議そうな顔で聞きました。けれども、タツオは答えませんでした。

「なにかいたのかい、あの中に」

「うん」

タツオは、ぼんやりとうなずきました。まるで考えごとでもしているようです。あまり驚《おどろ》いていたので、そんなふうに見えたのです。

「トカゲかい」

「いや」

「カエルかい」

「ちがう。そんなんじゃない」

「じゃ、なんだよ」

「それがね、うふ」

　タツオはふいに笑いました。なにを見たのか、タツオにもわからないのですから、答えようがありません。

　もちろんタツオは、驚いてはいても、おそろしいなんて思っていませんでした。それどころか、とても面白《おもしろ》いものを見たような気がしていました。巣箱の中で、かすかに光っていたへんなやつの、うれしそうな顔つきを思いだすと、ついにやにやしてしまうのです。そいつは、顔じゅうを口みたいにして笑っていたのです。

「なんだよ、教えてくれったら」

　カオルはじれったがっていいました。

「うふふ、まあ、カオちゃんも、自分でいって見てこいよ。そうすりゃわかる」

「気持ち悪いものか」

「さあ、どうかなあ」

タツオがそんな返事をしたので、カオルはしりごみしました。

5

「いやだな、なんだか」

カオルは、タツオの顔をじろじろ眺《なが》めて、しばらく迷《まよ》っていましたが、それでもタツオに臆病《おくびょう》だと思われたくなかったのでしょう。

「よし」

一人でうなずくと、ツバキの木にとりつきました。カオルのほうも、この木にはなんどか登ったことがあります。

たちまち巣箱《すばこ》の下へたどりついて、タツオがやったように上の枝《えだ》につかまると、ぐいっと体を持ちあげました。そして、巣箱の中をのぞいたのです。そのまま、下にいるタツオを見おろして、またのぞきました。

「なんにもいないじゃないか」

カオルは、ほっとしたように下を向いていいました。

「よく見ろよ。あわてるな」

タツオにいわれて、カオルはもう一度、巣箱の中をのぞきこみました。今度はかなりながいこと、そのままじっとしていましたが、やがて大きなため息をつくと、ゆっくりおりてきました。やはりすごく驚《おどろ》いていたのです。

「な、いたろ」

タツオがいいました。

「ああ、いた」

カオルが答えました。

「……あいつ、いったいなんだろう」

二人は、いっしょに同じことをつぶやきました。

カオルもタツオも、紙飛行機のことなんかすっかり忘れていました。もう紙飛行機どころではありません。二人そろってぽかんと口を開けて、しばらくツバキの木の古い巣箱を見あげていました。

カオルが手をメガホンのように口の前へ持っていって、いきなり大声をあげました。

「おーい、お前はだれだあ」

「しーっ。よせったら」

タツオは、あわててとめました。

「おどかすと、いなくなっちゃうかもしれないぞ」

「あ、そうか」

カオルは、首をすくめてささやきました。

「じゃ、どうしよう」

「どうしようったって、どうしようもないみたいだな」

タツオのほうが、すこしは落ち着いていたようです。そうつぶやいてから、カオルの耳にささやき返しました。

「せっかく小鳥の巣箱にはいったんだよ。なんだかわからないけどさ。そっとしておこうよ」

「うん。まるであいつ、おばけみたいなやつだな」

カオルもうなずきました。すきとおっていて、暗いところで青く光って、おかしな顔をして、手足ははっきりしていなくて、体だか着物だかわからないような姿をしているなんて……。

「ありゃ、たしかにおばけだ」

「おばけにしちゃ、ずいぶんちびだな、な、タッちゃん」

「ほんとだ。ちびおばけだ」

「だけど、悪いやつじゃないみたいだ」

「うん。悪いやつじゃない。それに、あの中にいることを、ぼくにわざわざ知らせてくれたみたいだ」

そこまでいって、タツオはふいに、ぱっと目を輝《かがや》かせたのです。

「そうだ、きっとそうだよ。ぼくが飛ばした紙飛行機だって、もしかしたらあいつが巣箱の中にいれてみせたんじゃないかな。そうすれば、ぼくがあいつに気がつくと思ってさ」

「ふーん」

カオルは、感心して聞いていました。

もちろん、タツオのいったことには、ちょっとばかりまちがいがあります。おばけは、紙飛行機を巣箱の中にいれたのではなく、飛びこんできた紙飛行機を落としただけでした。

そこのところがちょっとちがいますが、さすがにタツオはよく気のつく子です。おばけの気持ちは、まちがいなくちゃんとさとっていました。

そこでタツオは、あわててカオルに向かっていいました。

「いいかい、カオちゃん。あいつはぼくのうちのツバキの木にいるんだ。あの小鳥の巣箱は、ぼくとお父さんとでとりつけたんだからね。だから、あいつはぼくのおばけだ」

「ああ」

しかたなく、カオルもうなずきました。そこのところは、タツオのいうとおりだと思ったのです。けれども大いそぎでいいました。

「だけど、ぼくも仲間にいれてくれるんだろう。まさかタッちゃんが一人じめにするっていうんじゃないだろうな」

「当たり前だよ」

タツオはにっこりしました。

「そのかわり、ぼくとカオちゃんと、二人だけの秘密《ひみつ》にしとくんだよ」

「よし」

カオルもにっこりしました。

「ぼくはだれにもいわない」

「ぼくもいわない」

そこでふたりは、びっくりするほど真面目《まじめ》な顔になって、指切りをしたのです。

6

そのちびおばけは、どうなったでしょうか。

すっかり元気になりました。なにしろ、二人の男の子に驚《おどろ》いてもらったのですからね。そのときだけでなく、二人の男の子――タツオとカオルは、毎日一度はツバキの木の下にきて、巣箱《すばこ》を見あげました。そして、そっとつぶやくのです。

「おい、ちびおばけ、いるかい」

すると、ちびおばけは、小さなつむじ風になってとびだしてきます。そして、タツオとカオルの足もとを、まるで子ねこがじゃれるようにくるくると回って、また巣箱の中にもどっていくのでした。なにしろ昼間の明るいところでは、おばけは見えません。そうやってつむじ風にでもなるよりほかに、どうしようもないのです。

もちろん、口をきいたこともありませんでした。おばけは、ときどき、パチンパチンと手をたたくような小さな音を立てましたが、おしゃべりはしませんでした。いや、おばけはしゃべっていたのですが、おばけの話声が、タツオたちには聞こえなかったのです。

とにかくそんなふうにして、つむじ風を見るたびに、タツオもカオルもあらためてびっくりしました。ちびおばけがつむじ風になっていることは、よくわかっているのに、やっぱり驚きました。

たまには、ツバキの木の下に、暗い夜になってからいってみることもありました。そこでちびおばけを呼ぶと、ほんのまたたきするあいだ、巣箱の中がぽっと青く光ることがありました。いつもそうなるわけではなくて、十回に一回ぐらいしかなかったのですが。

たぶん夜は、どこかへ遊びにいっているんだろうと、タツオとカオルは考えました。なんといっても、夜はおばけの時間ですからね。

こうして、二人の男の子にしょっちゅう驚いてもらっているので、このおばけは、そんなふうに遊び歩いても、もう小さくしぼむ心配はないのです。といって、大きくもなりませんでした。一度しぼんだおばけは、二度ともとへはもどらないって、前にもいったでしょう。

ちびおばけは、できるだけ用心して、ほかの人間にはみつからないようにしていたようです。おかげで、タツオとカオルの秘密《ひみつ》は、誰《だれ》にも気づかれませんでした。

ただし、この話を書いているぼくのほかは。

ぼくもこのちびおばけと、ついこのあいだ友だちになったのです。なにしろぼくは、夜おそくまで起きていて、こんなふうにお話を書いていますからね。

しかもぼくには、おばけの声も聞こえるのです。つまり、おばけとおしゃべりができるのです。これは、なれないとなかなかできないことなのですが。

どんなふうにして、ぼくがこのおばけに気がついて、どんなふうにして、ちびおばけと友だちになったかっていうと……。いや、それはまた、いつかすることにしましょう。それを話していると、とても長くなってしまいます。

とにかくぼくは、タツオたちのみつけたちびおばけと友だちになって、この話を聞いたのです。

タツオのうちがどこにあるかは、誰にも教えてやれません。タツオとカオルの秘密を、大事にしてあげたいと思うので。

この先ゆきどまり

1

たっちゃんが、裏通《うらどお》りの小さなおもちゃやの店先をのぞきこんでいると、後ろのほうでジャラジャラと妙《みょう》な音がしました。

ふりかえってみたら、小さな犬が、くさりをひきずったまま、とっとと歩いていくところでした。

「あ、タロ」

たっちゃんは思わず声をあげました。よく知っている犬だったのです。

タロは、ちらっとたっちゃんの顔を見あげて、しっぽをゆさりとふりましたが、そのまま止まらずに通りすぎていきました。

「こら、タロ、犬は一人で歩いちゃいけないんだぞ」

追いかけながら、たっちゃんは口をとがらせました。といっても、このタロはたっちゃんの犬ではありません。近くの友だちの家で飼《か》っている犬です。でも、たっちゃんは犬が好きでしたから、タロとも仲良しでした。

「こらあ、止まれえ」

たっちゃんがやっと追いついて、ひきずっているくさりをつかもうとすると、タロはふいにさっと走りだしました。

「待てえ」

たっちゃんも、タロを追いかけて裏通りを走りました。すれちがう人は、みんなあわてて道のわきへよけました。

タロは、道をよく知っているとみえて、別れ道でもとまらずに進みました。そして、裏通りから崖下《がけした》の道にはいりこみ、切り通しの坂道をすこしかけ登って、そこからさっさと左のせまいわき道へとびこんでいきました。

たっちゃんは立ちどまりました。というのは、このわき道の入り口には、立てふだが立ててあるからです。

この先　ゆきどまり
はいらないでください

立てふだにはそう書いてあります。たっちゃんはわざわざ読まなくても知っていました。前になんどもこの切り通しの道を通ったことがありますし、一度だけわき道にもはいってみたことがあるのです。

わき道の右がわは高い石垣《いしがき》で、左がわは古い板べいです。板べいの向こうは、町にはめずらしい深い竹やぶです。その間に、やっと人が一人通れるくらいの、せまい道がついているのでした。

でも、立てふだに書いてあるとおり、このわき道にはいっていくと、左の板べいが切れたあたりに、茂《しげ》った生垣《いけがき》がとおせんぼをしていて、そこにはこわれかかったような小さな木戸が、しっかりと針金《はりがね》でとめてありました。そのときは、たしかにゆきどまりでした。

それでたっちゃんは、立てふだの前で耳を澄《す》ましました。タロのひきずるくさりの音が、こっちへもどってくるかもしれないと思ったのです。けれども、なにも聞こえませんでした。

（タロのやつ、どこかでくさりがひっかかったら、どうするつもりだろう）

そう考えると、とても心配になりました。そこで、たっちゃんもせまいわき道にはいりこんでいきました。

2

いつか見たことのある古い小さな木戸は、いまでもやっぱりありました。でも、その木戸は、誰《だれ》がいつ開けたのか、いっぱいにひらいていたのです。

そして、木戸の向こうには、茂《しげ》みの中にずっと小道が続いているのがよく見えました。小道の先は、ササやぶになっていますが、道はその中をトンネルのように見えています。

たっちゃんは、そっと小道にはいっていきました。ゆっくり歩かないと、ササの枝《えだ》が顔にはねかえってきます。やぶはますます深くなって、たっちゃんの背たけの二倍はあるでしょう。そのやぶの中を、せまい小道はずっと登り坂で、上へ上へと続いているのです。

ようやくすこし平らな道になったと思ったら、いきなりササやぶがなくなって、静かな静かな松林《まつばやし》の中にきていました。

足もとには、かれた松の落葉がふっくらと積もっていて、なんだかいい気持ちでした。

上を見あげると、高いこずえの向こうで秋のお日さまがちらちらとゆれていました。さあっと風が吹《ふ》きわたりました。坂をあがってきたたっちゃんの汗《あせ》が、すっとひっこみました。松林に吹く風は、びっくりするほどやさしくやわらかに響《ひび》きました。

そのまま、なだらかな松林の丘《おか》を登っていくと、右下の谷間に、ちらちらと畠《はたけ》が見えてきました。畠には緑の筋《すじ》がきれいに並んでいて、とても暖かそうでした。

（すてきだな）

しばらくのぞきこむように眺《なが》めていたたっちゃんは、そこまでいってみようかな、と思いました。

松林のはずれに、ほっこりと日の当たった枯《か》れ草の土手がありました。たっちゃんは、いい匂《にお》いのするふかふかの草に腰《こし》をおろしました。それから、思いきってあおむけにねころんで、うーんと手足を伸《の》ばしました。

なんともいえないいい気分でした。目をつぶると、そのまま眠《ねむ》ってしまいそうでした。でも、たっちゃんはむっくりと起きあがりました。

（だけど、こんなところにこんな静かな山や谷があるなんて、ちょっとへんだ）

そうです。たっちゃんは、ついさっきまで町の真ん中にいました。切り通しの道は、丘の上の団地へ抜《ぬ》ける近道ですから、このあたりには、コンクリートでできた大きなアパートが、いくつも並んでいなくてはいけないのです。

たっちゃんは、大いそぎで松林にもどると、いちばん高い見晴らしのきくところまで駆《か》け登りました。でも、ここから見えるのは、たっちゃんの知らない田舎《いなか》の景色《けしき》でした。

向かいの山には、色づいた林が続いていて、ところどころに畠があります。たっちゃんのいる山と向かいの山との間は、ずっと田んぼばかりです。秋の田んぼですから金色になった稲《いね》が、風に吹かれて波のように美しく光りながらゆれていました。

その田んぼの中を、道が一本通っています。道のわきには小川も流れているとみえて、小さな橋も見えました。家も何軒《なんげん》かありましたが、どこにも人の姿は見えません。

また風が吹いてきて、松林はさあっと鳴りました。まるで雨が降《ふ》ってきたような音でした。

3

たっちゃんは、ぶるっとふるえました。寒くなったのではなくて、なんだか、きてはいけないとこにきてしまった、という気がしたのです。

（たいへんだ。ぼく、すぐに帰らなくちゃいけないみたいだ）

いそいで、さっき登ってきた、やぶの小道のほうへ駆《か》けおりました。そしてやぶの前で立ちすくみました。

小道が見つからないのです。

（たしかぼく、このへんからやぶを抜《ぬ》けて、この松林《まつばやし》にはいってきたんだけどな）

うろうろとそのあたりを探しましたが、ササやぶは、たっちゃんの背たけよりもずっと高く、びっしりとはえています。それでも、見当《けんとう》をつけて無理やりもぐりこんでみましたが、どうしても十歩とは踏《ふ》みこめませんでした。

また、松林のてっぺんにもどって、たっちゃんはぐるっと眺《なが》めました。どこかに、たっちゃんの知っている景色《けしき》がないかと思ったのですが、どこにもありませんでした。

（ぼく、迷子《まいご》になったのか）

そう思ったら、たっちゃんはきゅうに泣《な》きたくなって、かれた松の落葉の上に、ひざをついてしまいました。

松のこずえの上には、お日さまが輝《かがや》いているというのに、松林の中は、しっとりとかげっていて、さわさわと風が吹《ふ》きわたっていました。

そのとき、どこかでジャラジャラとくさりをひきずる音がしました。

たっちゃんは、ぴくっと顔をあげました。じっと音のするほうを見つめていると、やっぱりタロでした。タロは、不思議そうにたっちゃんを見て、立ちどまりました。

「タロ、タロ、タロ」

小声で呼びながら、たっちゃんは腰《こし》をかがめたまま、手をさしだしました。するとタロはおもしろがっているように、ひょいとはねて逃《に》げました。たっちゃんもはね起きてあとを追いました。ここでタロに逃げられたら、もう帰れなくなるかもしれません。

タロのほうは、勢いよくくさりをひきずって、たちまち松林の山をくだっていきました。そして、ふっとやぶの中に消えていってしまいました。

どうやら、そこがあの小道の出入口だったのです。たっちゃんは、もう顔にはねかえるササの小枝《こえだ》にはかまわず、ぐいぐい歩きました。しまいには、まるでやぶを泳ぐようにして一気に駆けおりました。

茂《しげ》った生垣《いけがき》の下の古い木戸をすり抜《ぬ》けると、はじきだされたように、もとの切り通しの道へとびだしてきました。

息をはずませながらあたりを見回しましたが、たしかにここは、たっちゃんの知っている町の中でした。タロはどこへいったのか、もうくさりの音もしません。

道のわきには、あの立てふだがあります。

この先　ゆきどまり
はいらないでください

そう書いてあります。たっちゃんは、真っすぐ立てふだの前に立って、声をだして読みあげました。

「この先、ゆきどまり。はいらないでください」

おかしなことに、たっちゃんがこうして立てふだの字を読みあげたとたん、いまいってきたばかりの不思議な山のことを、すうっと忘れていきました。といっても、すっかり忘れたわけではありません。なんだか夢《ゆめ》を見ていたような気がしたのです。

(たしか、タロがこのわき道へ逃げていって、それでぼくが追いかけていって……、いや、追いかけてはいかなかったのかな。ぼくは、ずっとここにいて、どこだか知らない山へいったような気がするだけなのかな)

そんなことを考えていると、ふいにおなかがグーッと鳴りました。

「ああ、おなかがすいた」

そうつぶやくと、もうめんどうなことを考えるのはやめにして、たっちゃんは元気よく家に帰りました。

4

でも次の日、たっちゃんは、またあのわき道へやってきました。

あれから、ときどきたっちゃんは、ふっと不思議な山のことを思いだすのです。

（あれは、やっぱり夢《ゆめ》だったのかな。それとも、ぼくはほんとに、不思議な山へいって帰ってきたのかな）

晩《ばん》の御飯《ごはん》を食べているときもそう思いました。お風呂《ふろ》にはいっているときもそう思いました。夜ねるときにもそんなことを考えながらねました。

ところが、朝起きたら、あれは夢なんかじゃない、という気になりました。

（だって、立ったまま夢なんか見られるわけないもの。夢はよこになって見るんだ）

たっちゃんはそう思いつくと、一人でにこにこしました。とてもうまい理くつのように思えたからです。そして、夢でないのなら、ほんとにあったことにちがいありません。

（きっと、あのわき道は魔法《まほう》の道なんだ。だから、どこか遠くの山へつながっているんだ。夢みたいな気がするのもあの道が魔法の道だからだ）

そう考えついたら、たっちゃんは胸《むね》がわくわくしてきました。それで、どうしてももう一度たしかめたくて、学校から帰るとさっそくやってきたのです。

ただ、また帰りの道がわからなくなるといけないので、用心のために犬のタロを借りて連れてきました。たっちゃんがタロを散歩につれていくのは、これが初めてではありませんから、タロは大喜びでした。

裏通《うらどお》りの先の、切り通しの坂道へいって、わき道の入り口まできました。タロのほうは、ぐいぐいとたっちゃんをひっぱりながら、先に立ってわき道へはいっていきました。

右の石垣《いしがき》にそって小道を回っていくと、木の茂《しげ》みが見えてきて、そこには古ぼけた小さな木戸がありました。でも、きのうはたしか開いていたはずなのに、いまは閉《し》まっています。きのうのたっちゃんは閉めませんでしたから、だれかがあとで閉めなおしたのにちがいありません。

タロは、しきりに木戸のあたりをくんくんとかぎ回っています。たっちゃんも木戸に近よって調べてみました。

木戸は、赤くさびついた太い針金《はりがね》でしばりつけられていました。ずっと前にたっちゃんが見たのと同じです。ためしに、たっちゃんは木戸をゆすってみましたが、開きませんでした。無理に開けようとすれば、古い木戸はばらばらにこわれてしまいそうです。

「きょうはだめらしいよ」

たっちゃんは、足もとのタロに話しかけながら、木戸の向こうをのぞきこみました。きのうは、やぶの中にトンネルのような小道が見えていました。

ところが、いま見えるのは、暗い茂みとやぶばかりです。こんなところへは、犬のタロでさえはいれないでしょう。

（なあんだ。きのうはやっぱりぼくの夢だったのかあ）

たっちゃんはそう思いながら、すこしがっかりして空を見あげました。きのうと同じような、いい天気でした。

「しかたがない。さ、帰ろう」

タロをひっぱって、たっちゃんはもどりかけましたが、タロは足をふんばっていやがりました。

「ほら、あきらめろってば。いくらお前だって、きょうはどこへもいけないぞ」

いいながら、たっちゃんは木戸をふり返ってみて、口をぽかんと開けました。たったいままで、がっちりと針金でしばられて閉まっていたはずの木戸が、きのうのようにいっぱいに開いていたからです。

「なんだ、こりゃ」

思わずたっちゃんは文句《もんく》をいいました。

「ひとがちょっと目をはなしたすきに、開けるなんてひどいぞ」

それから、タロに向かってきいてみました。

「おい、タロ、まさか、お前が開けたんじゃないだろうな」

もちろんタロはなにも答えずに、ただしっぽをふってしきりに木戸の奥《おく》へいきたがりました。

驚《おどろ》いたことに、先ほどまで深いやぶだったところに、ぽっかりと小道がついているのです。

「おやおや、開いたのは木戸だけじゃなかったのか」

そうすると、やっぱりこの道は魔法の道だったんだ、と、たっちゃんはどきどきしてきました。なぜだかわかりませんが、その魔法の道はたっちゃんに向かって、「どうぞ、おはいりください」といっているのです。そこで、大きく息を吸《す》いこんで、それからタロに向かっていいました。

「さあ、いこう！」

5

やぶの中の小道は、ずっと登り坂で、歩いているうちに、たっちゃんはだんだんはっきりと、きのうのことを思いだしました。

松林《まつばやし》へきたところで、たっちゃんは、いままできたやぶのようすをよく見ておきました。ちょっと眺《なが》めただけでは、ここにこんな小道の出入口があるなんて、とても思えません。きのう、たっちゃんが迷ったのも無理はなかったのです。

(きょうは、この不思議な山をよく調べてやるぞ)

そう思いながら、たっちゃんははりきって松林の中を進んでいきました。タロのほうは、ここが不思議な山だと知っているのかどうか、町の中を歩くときとかわりなく、ハアハア息をしながら、ぐいぐいとたっちゃんをひっぱっていきました。

きのう、たっちゃんがちょっとねころんでみた枯《か》れ草の土手を通って、松林のある丘《おか》を一回りするように、タロは小道を歩きました。

枯れかかったつる草の葉が、裏《うら》から日の光を受けて、まるで電灯《でんとう》がついたようにきれいな黄色に輝《かがや》いていました。その下をくぐっていくと、道は二つに別れています。一つは上へ、もう一つは谷間におりていく道のようです。

なぜかタロは、谷間のほうへはおりたがりませんでしたが、たっちゃんはタロを無理にひきずるようにして、ほんのちょっとおりてみました。

すると、谷間の畠《はたけ》は、すっと後ろへさがったような気がしました。もう一足踏《ふ》みだしてみると、谷間の景色《けしき》がもっと遠くにあるように見えました。

(へんなの)

たっちゃんはおもしろくなって、また二足三足と進んでみました。そのたびに景色は遠くなり、はるか向こうへいって、まるっきりかすんでしまいました。

(こんなに逃げ足が速くちゃ、とてもあの畠には追いつけないなあ)

そう思うとついおかしくて、たっちゃんはあとずさりしてみたり、また前にでてみたり、なんどもためしてみました。そのたびに景色はいきなり遠くへいったり、ぐぐっと近づいたりするので、たっちゃんは目が回りそうになって、あわててやめにしました。

どっちみち、ここから下へおりるのは無理のようです。たぶんタロは、そのことを知っていたのでしょう。

そこで、また松林のほうへ登っていきました。小道の両がわは、あいかわらず深いやぶでしたが、そのうちにまばらになって、やがて松林のてっぺんにつきました。これでこの松林の丘を、ほとんど一回りしたことになります。

そのてっぺんに立って、たっちゃんとタロは向かいの山を眺めました。きのう見たのと同じ景色がひろがっていましたが、山の間にきらきら光るところがありました。

「なんだろ」

たっちゃんは小手《こて》をかざして見つめました。そして、はっと気がつきました。

「海だ！」

そうです。山の間から、遠くの海が、ほんのすこしだけ見えているのです。きのうきたときは、たっちゃんもすっかりあわてていたので、目にはいらなかったのでしょう。

（ここからどのくらいあるんだろう。歩いていけるかなあ）

ふとそう思いましたが、この景色も、もしかしたらたっちゃんが近づこうとすれば、かえって遠くへいってしまうのかもしれません。とにかくここは、魔法《まほう》の道を通ってきた、不思議な山なのですから。

6

そのとき、いきなり人の声がしました。

「なにしてんの」

びっくりしたたっちゃんが、さっとふり返ってみたら、四つか五つぐらいの小さな女の子が、すぐ後ろに立っているではありませんか。この女の子は、自分の背たけの半分より大きい、ウサギの縫《ぬ》いぐるみ人形をかかえています。

ここには人がいないものと、勝手にきめていたたっちゃんは、ほんとうに心の底から驚《おどろ》いて、女の子を見つめました。

「お、お前こそ、な、な、なにしてんだい」

でも、女の子は、だまったまま、じっとたっちゃんを下から見つめていました。と、思ったら、ふいにくるりと後ろを向いて、パタパタと駆《か》けていきました。

「おい、ちょっと待ってくれよ」

たっちゃんは、もちろん呼びとめたのですが、女の子のほうはひょいと太い松《まつ》の木を回ったと思ったら、もう見えなくなりました。

(木のかげにかくれたな)

そう考えて、タロをひっぱりながらゆっくり近づいていって、松の木の後ろをのぞきこみました。ところが女の子はいませんでした。ほかにかくれるところもないし、どこに消えてしまったのでしょうか。

太い松のみきにさわりながら、たっちゃんはぼんやりと一回りしました。タロも、不思議そうな顔でたっちゃんを見ながら、いっしょに一回りしました。タロは、なにか話したいような目つきでしたが、犬のタロはやっぱりなにもいいません。

「なんだ、タロ、文句《もんく》があるならいってみろ」

たっちゃんは、そんな無茶なことをいいましたが、タロはいつものとおり、返事のかわりにしっぽをいそがしくふっただけです。

とにかくあんな女の子に会ったので、たっちゃんもひきあげる気になりました。ぐずぐずしていると、もっとおかしなことにであうかもしれません。

「さ、もう帰ろう」

タロに声をかけると、くさりをしっかりにぎりなおして松林を駆《か》けおりました。こんどはまちがいなく、やぶの中の小道にはいりました。そして、元気よく小道をおりて、茂《しげ》みの下の古い木戸をすり抜けました。

石垣《いしがき》にそって走りながら、たっちゃんはふり返ってみました。すると、もう木戸はしっかり閉《し》まっていて、その向こうは暗いやぶのかげばかりでした。たっちゃんは、もう不思議ともなんとも思いませんでした。

7

そのまま切り通しの道へでて、そこから裏通《うらどお》りへもどらず、切り通しの坂道を登っていきました。たっちゃんは、不思議な山をたしかめたので、満足していました。これからはタロの散歩の続きです。

この切り通しを登ると、大きな団地があります。四階建てのアパートが、いくつもいくつも並んでいます。タロとたっちゃんが、息をはずませながら登りつめていくと、いきなりあたりがぽかっとひらけて、広い団地の裏にでました。

ここへくると、いつもたっちゃんはびっくりします。ここにこんな団地があることはよく知っているのに、あまりいっぺんに景色《けしき》がひろがるので、どうしても驚《おどろ》いてしまうのでした。

アパートとアパートの間には、すこし枯《か》れかかった芝生《しばふ》があります。そこでは子どもたちが遊んでいました。タロを連れたたっちゃんは、団地を通り抜けていきました。そして、あっと思いました。

芝生で遊んでいた子どもの中に、大きなウサギの縫《ぬ》いぐるみ人形をかかえた、小さな女の子がいたのです。

タロを押《お》さえながら、たっちゃんは芝生にはいっていって、女の子にきいてみました。

「きみ、さっきぼくと会ったね」

すると、おかっぱの髪《かみ》の毛をはらって、女の子はたっちゃんをじっと見つめました。そうです。その目つきは、たしかにあの不思議な山のてっぺんで、たっちゃんを見つめた目つきでした。

ふっと女の子は笑いました。どうやら女の子のほうもたっちゃんを思いだしたようなのです。

「うん、会ったよ」

こっくりとうなずきながら、女の子は答えました。

「そ、そうか、そうだ、そうだよな」

たっちゃんは、思わずまごついてしまいました。

「やっぱり、やっぱりそうなのか」

ほっとして、しばらく言葉がでてきません。すると、女の子のほうがタロを指さしていいました。

「犬は連れていっちゃいけないのよ」

「えっ」

「犬はね、オクジョに連れていったら、いけないの」

なにをいっているのか、たっちゃんにはわかりません。そこでゆっくりたずねました。

「あのう、ぼくがきみと会ったのは、どこだったたっけ」

「オ、ク、ジョ」

「えっ」

女の子は、かわいい手で、すぐ前のアパートの上をさしました。

「ほら、あそこ。オクジョ」

「ああ、屋上《おくじょう》かあ」

やっとわかりました。この女の子は、ここのアパートの屋上でたっちゃんと会った、といっているのです。それで、屋上へ犬なんか連れていってはいけないと、注意してくれているのでした。

「このアパートの、屋上かい」

「うん」

女の子はまたこっくりしました。

「ぼく、ちょっといって見てきたいんだけど……」

いいながらたっちゃんは、足にまとわりついているタロを眺《なが》めました。

「この犬はどうしようか。きみ、あずかってくれるかい」

「だめ」

たぶん、犬がこわいのでしょう。大いそぎで頭をよこにふって、後ろへさがりました。

しかたなく、たっちゃんは近くのツツジの木の根もとに、タロのくさりを結びつけました。

「ほら、ここへつないでおくから、ちょっとの間見ていてね。こいつはおとなしいからなにもしないけど、こわいなら、はなれていればいい」

こっくりと女の子はうなずいて、ウサギの縫いぐるみをかかえなおしました。

たっちゃんは、いそいでアパートの階段を登りました。屋上へいって、あちこち景色を眺めました。どちらを見ても町の家の屋根が並んでいます。スーパーマーケットの白い建物や、たっちゃんが通っている小学校も見えました。でも、たっちゃんが不思議な松林《まつばやし》のてっぺんで見た景色はどこにもありません。向こうがわの丘《おか》の上にも、ここと同じようなアパートが並んでいるのが見えました。

その、遠いアパートの向こうに、なにかが見えました。うっすらと黒っぽく、空の色とはちがう青いところ——。

「ああ、あれは海なんだ」

たっちゃんは思わず声をあげました。自分の町に海の見えるところがあるなんて、いままで知りませんでした。海岸にいくには、バスに三十分近くも乗らなければならないのですから、まさか見えるとは思ってもいなかったのです。

8

しばらくして、芝生《しばふ》へもどってみたら、女の子はタロのよこにちょこんとすわりこんで、タロの頭をなでていました。となりには、ウサギの縫《ぬ》いぐるみもすわらせてあります。タロはおとなしく目をつぶって、されるままになっていました。

「やあ、どうもありがと」

なんとなくそんなことをいって、たっちゃんはタロをツツジの根もとからはなすと、女の子に手をふって別れました。

9

この出来事のあと二、三日たって、またたっちゃんはあの魔法《まほう》の道へいってみました。

すると、立てふだがなくなっていて、そのかわりにとげ、、つきの針金《はりがね》で、入り口をがっちりふさいでありました。

10

不思議な山へいったことを、たっちゃんは誰《だれ》にも話していません。ただ、お父さんには、ちょっとだけたずねてみたことがあります。

「ね、お父さん、裏通《うらどお》りの向こうに、団地へ登る切り通しの道があるの、知ってる?」

「ああ、知ってる」

お父さんは、そのとき新聞《しんぶん》を読みながら答えていました。

「あの道がどうかしたかね」

「あの道の下に、左のほうへはいっていく、せまいわき道があったのは、知ってる? いまは、はいれないけど」

「知ってるとも」

お父さんは新聞をおいて、なつかしそうな声になりました。

「知ってるどころか、昔《むかし》は切り通しの道なんかなくてね、あそこにはあの細い道しかなかった。お父さんの子どものころ、山遊びにいくとき通った道だった」

そういいながら、すっと目を細くしました。

「いまは山をすっぽり削《けず》って、谷を一つ埋《う》めて、広い団地になってしまったが、山には大きな松林《まつばやし》があって、山の向こうには、フナやドジョウのいるきれいな小川があった」

たっちゃんはだまって聞いていました。お父さんはたっちゃんがおとなしくしているので、また続けました。

「山は削られてなくなってしまったが、お父さんの心の中には、いつまでもちゃんとあるみたいだよ」

なにもいわないで、たっちゃんはうなずきました。その松林のある山なら、ぼくも知ってるよ、あの松林のてっぺんからは、海が見えるよ、と、いいかけたのですが、やはりだまっていました。

そして、ふいに気がつきました。

あの松林のあった山のてっぺんと、女の子のいるアパートの屋上《おくじょう》とは、そこだけ高さが同じだったのではないでしょうか。

だから、二人はであったのではないでしょうか。たっちゃんは松林にいて、女の子は屋上にいて、二人は同じときに、そこにいたから。

たっちゃんは、お父さんとそっくりな目つきになって、もうなくなってしまった松林のことを思いました。

この童話集に寄せて

佐藤さとる

ここに収録されている作品に限らず、自作をじっくり読むことはめったになくなった。自分でもよく覚えているものもあるが、微妙なストーリーの展開、その手法など、忘れているものも多い。

この短編集のトップに置かれている「壁の中」の原話などは、私の十代の作で、神奈川新聞に発表したものだが、気にいらない若書きの作で、いちどは捨てたものだった。しかし、全集にいれるときだったか、文庫に収録したときだったか、少々改作して残すことにした。改作してもそれほどよくなったようではなかったが、いま読み返してみると、いくつかの欠点は見えるものの、結末の逆転ぶりには、それなりの効果があるかもしれない。

「井戸のある谷間」は私の最初の小説風作品で、同人誌『豆の木』の第二号に載せた。これはいまも私の好きな作で、後に『てのひら島はどこにある』（理論社）という中篇作に、入れ子細工のように組み込んだ。

「名なしの童子」は第二次『豆の木』に載せたように思う。自分では一種の実験作と考えている。

　次からは、私が「まげものファンタジー」と呼んでいる、時代背景を昔に置いた作品が三篇続く。この試みは大いに気にいって、のちに『天狗童子』（あかね書房）という長篇も書いた。昔の話にすれば、ファンタジーは書き易《やす》いように思われるかもしれないが、実は却《かえ》って難しい。ファンタジーとしての論理を通すのに苦労するからだが、そこをくぐり抜けないと、「昔話」とあまり変わらないものになりかねない。もちろんそれだっていい作品が生まれることもあるから、こだわり過ぎてはいけないが、ファンタジーを作ろうとするなら、はじめから覚悟してかかるのがいいようだ。

　だいたい昔の社会は現代ほど論理的でなく、不思議が起こっても普通に許容してしまう。しかしそこにばかり頼ると、どうしても話全体がゆるくなってしまう。それを避けるために、ああでもない、こうでもないと、ロジックをひねくり回しているうちに、ふっと出来上がったりする。

　ここの作品でいえば「きつね三吉」がそうだった。いちど出来たものに、しばらくして新しい展開がひらめき、筆を入れる、ということが二度三度とあった。今度もまた手を加えたところが一箇所ある。以前に行った手入れを、思いだしてほどこしただけだが。

次の「宇宙からきたみつばち」は、SF童話といっていいかもしれない。私の仮説として、SF童話は成立しにくい、というのがあるのだが、その理由をざっと述べておく。SFもファンタジーの一種だが、この分野では、何事か不思議が起こったときは、そのよってきたる論理を、読者に提示しなければならないという縛りがある。しかし、その他のファンタジーでは、読者に対するそういった義務はない。提示してもいいがしなくてもいい。ただし、作者はその論理をしっかり把握していなければならない。

ここまでが一般論の前段で、ここからが私の仮説になる。

子供向きにSF童話を書くとき、提示しなければならない論理が難しければ、子供には理解しにくくなり、つまり童話として成り立たない。だからといって論理をごく易しくしてしまうと、作品そのものが脆弱《ぜいじゃく》になって、SFとしての面白みがなくなる。

以上だが、そんな面倒なリクツはさて置いて、ぎりぎりのところで作ってみたのが、私のSF童話で、この「宇宙からきたみつばち」ほか数篇ある。

この後からは、非合理、不条理を排する現代社会を舞台に、さまざまな手法を使って、不可思議を起こしてみせた作品が並ぶ。「鬼の話」は二人の少年の会話とその内容が中心だが、それだけでは終らない。

「夢二つ」では二人の子供の見た夢が、微妙に交錯する。今度の短編集に、作者から頼んで加えていただいたほど、私には思い入れの深い作だ。いまもよく覚えているが、この原稿を書いているとき、締切日が迫っているのに体調をくずし、高熱がさがらないままに、やむなく机に向った。するとこんな作品が生まれてきた。

私の師であった平塚武二さんは、「夏の執筆はあまり健康すぎてよくない。そういうときは海へ行って泳ぐほうがいい」といったことがあった。続けて「半分病人のようなときに書いたものは、どこか研ぎ澄まされていて面白くなる。だからといって、いつも病人になって書けとはいわないがね」といってわらった。

この作品を書いたとき、私はその平塚さんの言葉を思いだして、なるほど、と思った。作者の評価と読者の評価は、ときとしてずれるものだが、この作品は私の大好きな作品といっていい。

「角《かど》ン童子《ぼっこ》」は、おかしないい方だが、現代の昔話かもしれない。こんな伝承がどこかにあるのですか、とよくたずねられた。しかし、この童子は私の創作で、永いこと暖めていた題材だった。次の「ぼくのおばけ」は発想で勝負したような作。この話も私の好きな――というのはうまく書けたと思っている――作品ではある。

最後の「この先ゆきどまり」は、これを書いていたころ、街の景観が一変するような開発が始まり、あれよあれよという間に、山が一つ消えてしまうような時期だった。そのときの、そらおそろしいような気持ちが蘇《よみがえ》る。これは書いておいてよかった、と思う作品だろうか。

解説

緻密に構築されたファンタジーの魅力

野上　暁

日本児童文学の現代は、一九五九年から始まるというのが、今日ではほぼ定説となっている。その記念碑的な作品の一つとして位置づけられているのが、佐藤さとるの『だれも知らない小さな国』である。戦後一五年近く過ぎて、荒廃した国土も経済も復興し、テレビの普及でメディアも急速に変わり始めたこの時期に、子どもの文学もまた新しい展開を見せた。この作品は、まさにその象徴的な作品だったのだ。そこには、戦時期に潜伏していた幼年期の熱い思いが奔流するかのような、鮮烈なイメージがちりばめられていた。戦争という、過酷な日常を経てもなお変わらぬ、自然と幼年期の燦然《さんぜん》と輝く世界が、コロボックルという小さな人との交流を通して、読み手の心を不思議な力で潤したのだ。

後に、日本の長編ファンタジー文学の嚆矢《こうし》とも評価されるのだが、いま読み返してみても、表現の緻密《ちみつ》さと展開の巧妙さには驚かされる。丁寧な描写の積み重ねが、現実には存在しないコロボックルという小人たちを、あたかも存在するかのように思わせる仕掛けともなっているのだ。この『佐藤さとる童話集』に収められた短編のそれぞれもまた、同様な不思議を感じさせる作品ばかりである。

佐藤さとるは、一九二八年（昭和三年）二月一三日、神奈川県横須賀市逸見《へみ》町西谷戸に生まれる。父・完一は海軍の軍人であり、土屋文明に師事したアララギ派の歌人でもあった。佐藤は長男だが、二歳年上の双子の姉がいて、家には文藝春秋社版の『小学生全集』（芥川龍之介と菊池寛が責任編集で、一九二七年から全八八巻が刊行された）があった。姉たちの影響で、幼児のうちからカタカナが読めるようになり、五歳のとき『イソップ童話集』を読み始め、小学生になると、全集の中の童話集を片っ端からむさぼり読んだという。小学四年生のときには、『アンデルセン童話集』に掲載されていた「人魚姫」の結末が気に入らなくて、自分で勝手にハッピーエンドな話に書き直したというから、その頃から想像力が豊かで物語作りが好きだったのだろう。

また腕白少年でもあり、三浦按針《あんじん》の墓がある按針塚（塚山公園）でよく遊んだ。十歳のときに、横須賀から横浜市戸塚区に引っ越すが、按針塚が後の作品の舞台としてたびたび登場してくる。「按針塚の少年たち」とサブタイトルにある『わんぱく天国』（一九七〇年）には、様々な遊び体験が、じつに楽しく語られている。

一九四〇年、神奈川県立横浜第三中学校（旧制・現在の横浜緑ヶ丘高等学校）に入学。学

校の帰りには毎日のように図書館に通い、様々なジャンルの本を乱読する。四二年六月、父・完一が、航空母艦「蒼竜」の機関科士官として出港し、ミッドウェー海戦で戦死。出港する日の朝、戸塚駅のホームでお互いに反対方向に向かうとき、佐藤が電車のドア越しに敬礼すると（当時の中学生にとっては普通の行為）、父が正式の答礼をしてくれたのが最後の別れとなった。父・完一については、佐藤自身が『海の志願兵―佐藤完一の伝記』（偕成社）の中で、出生から綿密にたどって、その生涯を詳細に描いている。

四四年、旧制中学五年の二学期から、川崎市にあった日清製粉鶴見工場に勤労動員される。その帰り道、級友たちに「戦争が終わったら童話を書きたい」と話したという。

佐藤はまた、小学生時代に漫画もよく読み、特に田河水泡の「凸凹黒兵衛」や吉本三平の「コグマノコロスケ」に夢中になった。中学生時代には、通信教育の『漫画家講義録』二冊を取り寄せて勉強し、漫画家になりたいと思ったこともあるという。それが十七歳のときに描いた、クリ・クルという小人キャラクターになり、二年後に書いた「失くした帽子」（草稿）で、クリ・クルを活躍させる。これが、後に『てのひら島はどこにある』（一九六五年）という作品に結実していく。

四五年三月、旧制中学を卒業後、四月から海底観測や地図の作成技術者養成の教育機関である海軍水路部（現・海上保安庁海洋情報部）に入る。しかし、健康診断で肺結核の疑いがあるということで、七月に療養のため家族の一部が疎開していた北海道の旭川に合流する。

敗戦を旭川で迎えた佐藤は、翌四六年四月に神奈川県戸塚に戻り、関東学院工業専門学校（旧制）建築科に入学する。その頃、童話作家の後藤楢根《ならね》が主宰する日本童話会の雑誌「童話」創刊号（四六年五月一日・雁書房発行）を見つけ、童話募集を見て応募した。同誌九月号に、積木築のペンネームで掲載された「大男と小人」である。六歳の男の子が、大学生の叔父さんに、小人になりたいなというと、叔父さんは大男になりたいという。そこで二人はお互いの利点を語り合うという、ちょっとユーモラスで幻想的な話だが、積木築の筆名とともに、その後の著者の嗜好性《しこうせい》と作風を象徴しているようでもある。本格的に童話の創作を始めるのはこの頃からで、「神奈川新聞」にも「ポケットだらけの服」など三編の作品が掲載される。

「壁の中」も、「神奈川新聞」（四七年八月）に掲載された「デヴィスとポリー」を後に改稿したものである。改稿前の「デヴィスとポリー」では、二人が覚えていた絵は黒一色の影絵だったが、実際に壁の中から出てきた絵にはきれいな色が付いている。改稿し改題された「壁の中」では、主人公の名前もデビスに変わり、記憶の中の絵はカラーだったが、実際には真っ黒な影絵だったと逆転している。とはいえ、壁の中に秘められた一〇年の歳月と、二人の記憶との間に生起する謎《なぞ》めいた不思議には、後の作品につながる萌芽《ほうが》が感じられる。人の心の微妙な揺らぎや、そこに生ずる幻視や幻覚のようなものを手掛かりに、見えないものを見えるようにし、現実の世界と別世界の回路を開くのだ。

四九年三月、専門学校を卒業して横浜市役所に就職、一一月に中学校の教師に転出し、数学を教えた。この年、長崎源之助とともに、横浜在住の平塚武二宅を訪問し、同人雑誌の創刊を勧められ、翌年、長崎のほか、神戸淳吉、いぬいとみこらと、同人誌「豆の木」を創刊する。その二号に発表した作品が「井戸のある谷間」である。

冒頭の情景描写に続けて、「日の当たっているほうの斜面の上に、ふと、人影があらわれた」と、まるで映画の場面を見ているかのような巧みで映像的な導入に、読者は思わず引き込まれる。若い娘に案内されて、井戸のある谷間の素晴らしさを発見した若者の喜びが、心地よく読み手の心に広がっていくのだ。舞台は、十歳まで過ごした横須賀の柿の谷戸で、井戸は家の裏手の山すそにあったという。この登場人物たちを、少年少女時代までさかのぼらせて、そこに話中話のように小さな魔物を登場させたらどうなるか。コロボックルの物語は、こうして発想されていった。「豆の木」は五号で終刊する。

五二年八月、教職を退いて、広島図書株式会社に入社し、学年別学習雑誌「ぎんのすず」編集部に配属される。翌五三年、同人誌「豆の木」を再刊するが二号で解散。同誌に発表された「名なしの童子」は、頭の中のわけのわからない霞《かすみ》のようなものを、自分にとっての宝のように思う青年が主人公だ。頭の中の霞は、潜在意識の中の「特別強いあこがれのようなもの」と作中で説明されている。白昼夢のような奇妙な妄想状態で見た場面が、白馬に乗る美しい女の人との宿命的ともいえる出会いとなって現実化するところに、「強いあこがれ」の意味が実を結ぶ。

五四年一一月、佐藤は、実業之日本社に移り、「少女の友」編集部に勤務する。五六年頃から「だれも知らない小さな国」の執筆に取り掛かり、出来上がったものを平塚武二に見てもらって二度書き直し、五八年末に完成したという。『だれも知らない小さな国』は、タイプ印刷の私家版としてわずか一〇〇部余り作られ、奥付は昭和三四年三月一一日発行とある。それが講談社の編集者の目に止まり、同年七月に単行本として同社から出版された。そして、一一月には毎日出版文化賞を受賞し、その後も、日本児童文学者協会新人賞、国際アンデルセン賞国内賞を受賞しているから、当時の反響がいかに大きかったかがうかがえる。

コロボックル物語は、その後、『豆つぶほどの小さないぬ』『星からおちた小さな人』『ふしぎな目をした男の子』『小さな国のつづきの話』『小さな人のむかしの話』と六作が書き継がれた。

この童話集の「龍のたまご」「そこなし森の話」「きつね三吉」は、いずれも上州 否含《いなふくみ》山《やま》の麓《ふもと》の村を舞台にした民話風の作品である。「龍のたまご」は、空想の生き物である龍に卵を産ませ、そのやわらかで弾力性のある触覚、そこから発する強烈な臭《にお》いや七色の光など、不思議な生態の描写を著者自身も楽しんでいるようだ。「うらなりのできそこない」と兄たちに言われ、六之助は兄弟の嫌われ者だが、好奇心や探究心が旺盛《おうせい》だからこそ、龍の卵の孵《かえ》る瞬間に立ち会える。そして、そこで瀕死の重傷を受けることによって大変身を遂げる結末も、民話の構造を巧みに生かしていてみごとだ。

「そこなし森の話」は、伸縮自在なパースペクティブが、視点を変えることによって、ミニチュアのジオラマを俯瞰《ふかん》するようで、不思議な感覚を喚起させられる。鉄砲をなくして百姓になる決意をした若者に、六部姿の旅人が道をたずねてすれ違う、ラストのさりげない描写が効果的だ。

「きつね三吉」では、三吉に心を寄せる娘の心情を貫きながら、きつねと人間が巧妙に入れ替わり、最後に一言、「たとえば、この話にでてきた茂平親方のように」と結ぶどんでん返しで、物語世界全体がさらに重層性を帯びてくる。読み手はここで、再び奇妙な迷宮に誘われる。この三作品は、何でもありの昔話の世界にもかかわらず、不思議が生起する過程に丁寧な細工を凝らしながら、そこに異世界を現前させて見せる、まさに職人芸ともいえる技が冴えている。

一九八三年に、末吉暁子、村上勉、野上暁らと創刊した、同人誌「鬼ヶ島通信」の六号から連載の「天狗童子」も、否含山から始まっている。作者にとって、否含山とは、不思議の噴出する源泉であり、底なしの迷宮のようだ。この作品は二〇〇六年に『本朝奇談天狗童子』として刊行され、赤い鳥文学賞を受賞した。

「宇宙からきたみつばち」は、ミツバチみたいな宇宙人が、日本にやってくる様子を、ニュースの実況中継のような語り口で描いていて、楽しいSF童話である。「鬼の話」の電信柱の鬼の発想はユニークだが、そこには子どもの想像力や見立てへの共感が見て取れる。佐藤作品には、道路も遊び場だった時代の子どもたちが、日常的に目にした電信柱やポストがよく登場する。それは、作者の幼年期の原風景に重なるのだ。

「夢二つ」の少年と少女の夢の中での行き来と、「角ン童子」の少年と少女の出会いと再会のいずれにも共通する、宿命的とも思える強い関係性は、「井戸のある谷間」や「名なしの童子」や「だれも知らない小さな国」つながり、ほのかな恋愛感情の芽生えが奥ゆかしい。「角ン童子」と「ぼくのおばけ」に見られる、都市化と生活習慣の変化に伴う、自然や伝統文化の喪失への挽歌のような感情も、佐藤作品に通底するものだ。「この先ゆきどまり」も、自然環境の変容が重要なモチーフになっている。そしてその原風景には、子ども時代を過ごした柿の谷戸や、遊び場所だった按針塚が鮮やかに投影されているのだ。
佐藤さとるは、児童文学を「児童にも、理解と鑑賞ができる表現形式を用いて作られた文学作品」と位置づける。だから、「子どものために書く」などとはまるで考えていないともいう。にもかかわらず、子ども読者を強く惹《ひ》きつけるのは、戦時下に至る束の間の豊かな幼年時代への著者の濃密な愛惜と、それを細やかに受容して、想像力を不思議な世界に飛翔させるファンタジーの力であり、自由奔放な遊び心でもある。

（のがみ・あきら／児童文学評論家）

本書は、オリジナル編集です。編集に際しては、内藤千津氏の協力を得ました。底本には『佐藤さとるファンタジー全集』（全十六巻、講談社刊）のうち、第六巻、第十巻、第十一巻、第十三巻、第十四巻を使用し、作者の判断で一部表記等を改めました。

ハルキ文庫

さ 16-1

佐《さ》藤《とう》さとる童《どう》話《わ》集《しゅう》

著者　佐《さ》藤《とう》さとる

2010年7月18日第一刷発行

発行者　角川春樹

発行所　株式会社角川春樹事務所
〒101-0051東京都千代田区神田神保町3-27二葉第1ビル

電話　03(3263)5247(編集)
03(3263)5881(営業)

印刷・製本　中央精版印刷株式会社

フォーマット・デザイン　芦澤泰偉
表紙イラストレーション　門坂 流

ISBN978-4-7584-3489-8 C0193 ©2010 Satoru Satô Printed in Japan
http://www.kadokawaharuki.co.jp/[営業]
fanmail@kadokawaharuki.co.jp[編集]　ご意見・ご感想をお寄せください。

ハルキ文庫童話シリーズ

斎藤隆介童話集

磔の刑が目前にもかかわらず、妹を笑わせるためにベロッと舌を出す兄の思いやりを描いた「ベロ出しチョンマ」、ひとりでは小便にも行けない臆病者の豆太が、じさまのために勇気をふるう「モチモチの木」などの代表作をはじめ、子どもから大人まで愉しめる全二十五篇を収録。真っ直ぐに生きる力が湧いてくる、名作アンソロジー。

（解説・藤田のぼる／エッセイ・松谷みよ子）

新美南吉童話集

いたずら好きの小ぎつね〝ごん〟と兵十の心の交流を描いた「ごん狐」、ある日、背中の殻のなかに悲しみがいっぱいに詰まっていることに気づいてしまった「でんでんむしの　かなしみ」など、子どもから大人まで愉しめる全二十篇を収録した、胸がいっぱいになる名作アンソロジー。

（解説・谷　悦子／エッセイ・谷川俊太郎）